COLLECTION DE ROMANS POPULAIRES

31 — 20 c

JEAN DAGUET



# L'aube nouvelle

5. Rue Bayard. PARIS

ROMANS POPULAIRES A 20 CENTIMES

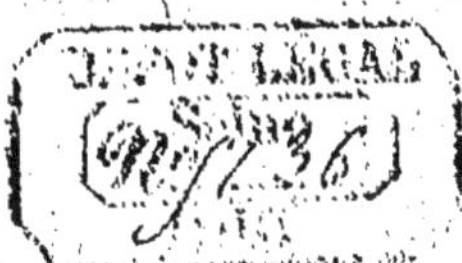

# L'Aube nouvelle



PAR

Jean DAGUET

PARIS, 5, rue Bayard, PARIS

# L'AUBE NOUVELLE



* * * * * *

## I.

Immobile, arrêté au bord du trottoir, Philippe Maulain regardait la foule bigarrée qui sortait de l'église, en cette matinée lugubre du jour des Morts. Toutes les puissances malsaines de son âme étaient passées dans ce regard aigu, féroce, qui semblait vouloir dévorer vivants les fidèles. Ce n'était plus l'ironie gouailleuse et imbécile des voltairiens de jadis, c'était la haine implacable du sectaire moderne pour tout ce qui vient du Christ.

Ce jeune homme rêvait la destruction universelle des vieilles institutions divines : la religion, la patrie, la famille. Il appelait de ses vœux passionnés l'écroulement de l'ancien monde, utopie fantastique des cerveaux déséquilibrés comme le sien, sans s'être demandé jamais ce qui sortirait de ce monstrueux chaos, et sur quelle désolation sans limites se lèverait le soleil, au lendemain du grand soir.

Une curiosité morbide le retenait là, sur ce trottoir, afin de s'y repaître du spectacle de cette troupe croyante, qui venait de prier pour ses morts. Comme ils étaient encore nombreux, ces chrétiens ! On eût dit que le temple ne cesserait point d'en déverser les flots sur le parvis. Ce n'était certes pas une belle église. Elle avait été bâtie en hâte, quelques années auparavant, pour assurer les secours religieux aux innombrables ouvriers des usines qui surgissaient de terre, magiquement, semblait-il, sur ce sol fécond et laborieux de la Flandre. Elle était faite, cette église, de modestes briques roses, avec un soubassement de pierres bleues. Mais l'incessante fumée des cheminées géantes qui l'entouraient avait déjà terni ses murailles, les avait revêtues de ce manteau de suie tenace, uniforme livrée des édifices du Nord.

Au reste, tous les êtres humains que le sanctuaire banal rejetait sur le pavé gras, par cette matinée brumeuse du 2 novembre, portaient, eux aussi, des habits de deuil. Et tandis que les cloches assourdies sonnaient dolemment le glas des trépassés, leurs parents et amis s'en allaient en silence, recueillis et le visage triste.

La plupart étaient de pauvres gens. Il y avait là des vieux et des vieilles, qui, d'avoir été courbés toute leur vie sur des métiers, en restaient pliés en deux ; il y avait là des jeunes filles pâles et grêles, rattacheuses ou dévideuses, auxquelles, visiblement, l'air des champs manquait. Mais il s'y trouvait aussi des gaillards musclés, aux bras d'athlètes, que l'anarchiste, hypnotisé à son poste, observait avec une sourde rage. Ceux-là, c'étaient des ouvriers du fer. Il n'eût pas été prudent de se prendre de querelle avec eux. Mais la science actuelle a mis d'autres moyens que la boxe et le bâton à la portée des révolutionnaires pour attaquer les catholiques.

Un sourire méchant retroussa la moustache frisée de Philippe-Maulain. Il allait tourner les talons, quand un nouvel objet, attirant sa curiosité, le retint encore deux minutes à la même place. Un coupé très modeste, attelé d'un seul cheval et conduit par un vieux cocher à casquette, sortit d'une ruelle latérale et vint se ranger au bas des marches de l'église. En haut de ces marches, dans le même moment, apparaissait une femme très âgée, revêtue de longs voiles de veuve, et s'appuyant sur le bras d'un grand et vigoureux jeune homme à barbe brune.

Quelqu'un dit, près de l'anarchiste :

— Voilà Mme Sonnoy et son petit-fils, *notre Jacques !*

C'était un ouvrier qui parlait à un autre.

Un éclair de fureur jaillit des yeux d'acier de Philippe Maulain. Ses poings se crispèrent. Il ne put y tenir et s'enfuit, répétant, à chaque pas, entre ses dents, avec une sauvagerie croissante :

— Notre Jacques ! notre Jacques ! Ah ! ils ont beau l'adorer, ces brutes, on saura bien la leur démolir, leur idole !

Il se hâtait par les rues encombrées. Il traversa en courant la Grande Place, où s'élève majestueusement le vieux calvaire de marbre qui a donné son nom à la jeune cité manufacturière : Blanche-Croix. Il faillit se faire écraser par les « cars » électriques, dont les voies s'y coupent en tous sens. Il s'enfonça dans la longue rue marchande du Chemin-Vert, pressé de se cacher dans son logis, de ne plus voir ces gens, riches ou pauvres, dont le seul aspect l'exaspérait, parce qu'ils ne pensaient pas comme lui.

Etant arrivé au coin de la ruelle du Cœur-Volant, il y tourna. C'était un ancien chemin de la vieille bourgade paysanne de Blanche-Croix, dont les maisonnettes basses, grossièrement badigeonnées de vert pâle ou de lilas tendre, semblaient garder encore leur antique aspect villageois. La ruelle n'était point pavée. Un trottoir fort étroit, en briques posées de champ, eût protégé malaisément les piétons du contact des essieux de voitures, s'il en avait passé là, mais il n'en passait jamais. Au milieu de la chaussée boueuse, des nuées d'enfants s'ébattaient, avec des cris perçants. Des commères, le balai à la main, jacassaient devant les portes. Plusieurs de ces femmes, en voyant passer Philippe, s'écartèrent. D'autres chuchotèrent entre elles. Des regards hostiles ou apeurés le suivirent. Il n'y prit pas garde. Il s'engouffra dans l'allée de la maison portant le numéro 13 et gravit lestement l'escalier obscur.

Cette maison, plus laide et plus décrépite encore que les autres, appartenait à une vieille fille, assez bizarre, connue dans le quartier sous le sobriquet de *la Chouette*, qui passait, à tort ou à raison, pour aussi riche qu'avare. La Chouette logeait au rez-de-chaussée de sa maison, où elle tenait un commerce infime de mercerie-papeterie, sans aucune espèce d'apparence de boutique, et louait le reste de son immeuble, en garni, au plus offrant.

Les deux pièces du premier étage étaient habitées par l'honnête et paisible famille d'un contremaître. C'était au second dans le toit, que gîtait l'anarchiste. Il vivait là, entre sa jeune sœur Germaine, et leur ami, Fédor Basilikoff, un évadé des bagnes de la Sibérie, dont le fanatisme contagieux entretenait l'exaltation de ses camarades.

Philippe et Germaine Maulain n'étaient pas des enfants du peuple. Ils avaient eu pour père un officier du génie, cerveau brûlé par les inventions, mort prématurément, en laissant son fils et sa fille sans le sou à la charge de leur mère, femme sotte et molle, bientôt réduite aux abois. Ces malheureux n'avaient connu que la gêne, les privations, les expédients lamentables de la misère « en habit noir ». Tout petits encore, se tenant par la main, et pleurant de honte, ils allaient, envoyés par leur mère, engager au mont-de-piété le plus proche des dentelles et des évantails qu'on ne devait jamais dégager ; ou porter au brocanteur juif du coin et vendre à vil prix les dernières cuillers à café de la maison.

Cependant, cette mère indigne, au lieu de chercher à gagner honnêtement le pain de ses enfants, ne savait que se lamenter sur son sort et se ronger d'envie devant la prospérité des gens plus courageux ou plus adroits. Elle ne voulait pas travailler.

— Les *dames* ne doivent pas faire œuvre de leurs mains, disait-elle, osait-elle dire !

Elle donnait à ses enfants les idées les plus fausses, en se posant, en les posant eux-mêmes comme les victimes d'une fatalité aveugle, tandis qu'ils n'étaient tous que les victimes de sa paresse et de son orgueil. Elle leur apprenait en même temps à mépriser les pauvres, qui sentaient mauvais, et à détester les riches, qui ont tous volé leur argent. Réduite à la dernière misère, elle prélevait encore sur la mesquine pitance de ses enfants le prix de la morphine dont elle s'intoxiquait à plaisir, pour oublier sa détresse dans des rêves d'or.

Quand elle fut morte, enfin, de ce poison, son fils avait quatorze ans et sa fille douze. A défaut de parents et d'amis, la municipalité de la ville s'émut de la situation de ces orphelins, et leur fit obtenir à chacun une bourse dans un lycée de l'Etat.

Mais, tandis que la jeune fille, passionnée de savoir, étudiait avec une sorte de rage et obtenait successivement tous ses brevets, son frère, plus faible d'esprit et de corps, plus aigri aussi par les souvenirs néfastes de leur petite enfance, paraissait avoir pris à tâche de fronder à la fois professeurs et condisciples. Toujours sombre et taciturne, et comme replié sur lui-même, il affectait de se tenir à l'écart et de ne frayer avec personne, tant et si bien qu'on l'avait surnommé Diogène et que ses camarades lui demandaient parfois, pour le narguer, où était son tonneau ou s'il avait perdu sa lanterne.

Il ne répondait pas souvent aux plaisanteries ; mais, quand on le persécutait trop, il lui arrivait de « faire tête », ainsi qu'une bête sauvage trop pressée par les chiens. Et alors il répliquait par des discours étranges. Il parlait d'une voix saccadée et sourde, les poings serrés, les yeux méchants. Il disait leur fait à ces *repus*, qui n'étaient guère que des fils de pauvres fonctionnaires besogneux. Il déclamait contre le luxe et l'oisiveté. Il prédisait la revanche sanglante du prolétariat méconnu sur le capital infâme. Et les autres riaient en se moquant de lui.

Une seule branche des connaissances humaines eut le don de l'intéresser, au cours de ses pitoyables études : la chimie. Atavisme, pressentiment ou calcul, cette science dangereuse lui plut. Ses maîtres, habitués à son apathie coutumière, s'étonnèrent de l'éveil subit de son intelligence au contact des mélanges. Son incroyable compréhension des formules les plus obscures les stupéfia. Il semblait jongler avec les signes cabalistiques servant à déterminer les produits.

Ceux qui avaient la bonté de s'intéresser à Philippe Maulain, malgré son caractère farouche, crurent bien faire en l'envoyant dans une école spéciale de chimie pratique, à sa sortie du lycée. Sa seule planche de salut semblait là pour lui. Car, dans ce pays manufacturier, un brevet de chimiste pourrait lui valoir une bonne place à la teinture ou à l'impression des étoffes. Le malheur voulut qu'à cette école, il fit la connaissance du nihiliste russe Fédor Basilikoff. Celui-là ne comprenait rien à la chimie, mais *il cherchait quelqu'un qui la comprît bien.*

Ce fut avec ce misérable que Maulain vint s'établir à Blanche-

Croix, en qualité d'ingénieur, dans une petite usine de couleurs et vernis. Le nihiliste, lui, avait jeté son masque de science et collaborait ouvertement à une ignoble feuille hebdomadaire, intitulée *le Réveil des Parias.*

Cependant, la jeune Germaine, couverte des lauriers universitaires, venait de rejoindre les deux hommes à Blanche-Croix. Elle ne rappelait en rien la créature passive qui lui avait donné le jour. Cette lycéenne intelligente et avisée, imbue des doctrines du féminisme le plus hardi, prétendait que tout être humain, quel qu'en soit le sexe, a le droit de batailler pour obtenir sa place au soleil, dans le monde. Et cette place qu'elle convoitait, la jeune brevetée entendait l'arracher de haute lutte, le scalpel à la main, s'inquiétant assez peu, d'ailleurs, des corps pantelants qu'elle déchiquetterait sur sa route. Car Mlle Maulain étudiait présentement la médecine, non par suite d'un amour exagéré de ses semblables, mais par l'effet d'un amour judicieusement calculé de sa propre personne. Elle avait choisi la carrière médicale comme la plus lucrative, entre les rares professions avantageuses ouvertes à l'activité féminine, dans notre société retardataire et obtuse. Mlle Maulain avait des dents jolies et fort solides ; elle se sentait un appétit excellent et prétendait s'asseoir à son aise au « banquet de la vie ».

Entre cette fille pratique et son rêveur de frère, il ne pouvait guère y avoir de l'affection. Une haine commune les rapprochait seulement contre ceux qu'ils appelaient avec dépit les « jouisseurs du siècle ».

Du reste, ils ne se voyaient pas beaucoup et ne recherchaient nullement les occasions de se trouver ensemble. D'un accord tacite et réciproque, jamais ils ne s'inquiétaient l'un de l'autre. Chacun pouvait aller et venir à sa guise, manquer même aux heures des repas, sans que l'autre lui dise rien. Le frère et la sœur ne formaient pas une famille, mais une simple association d'intérêts. Philippe devait fournir l'argent nécessaire à l'entretien de la communauté et Germaine, en échange, devait tenir le ménage, voilà tout.

Et ces deux déshérités de la nature vivaient ainsi, depuis dix-huit mois environ, sous l'égide néfaste de leur mauvais génie, Fédor Basilikoff, sans qu'un rayon divin du soleil de la charité fût jamais venu réchauffer leurs cœurs.

C'était un triste logis que celui des Maulain.

## II

Dans une grande salle, nue et propre, où le jour cru tombait du plafond vitré, une demi-douzaine de jeunes filles, en longues blouses blanches, évoluaient autour d'un vieillard à lunettes.

C'était la clinique du célèbre praticien Jérôme Ragot, le spécialiste auquel on amenait des enfants infirmes de tous les départements voisins.

Au milieu de la salle s'élevait la table d'opération, avec son étroit matelas recouvert de molesquine brune. Sur des tablettes de marbre ou de verre s'étalaient des cuvettes en porcelaine, des bocaux et des fioles. Çà et là brûlaient des lampes à alcool pour la stérilisation des instruments. Un cliquetis menu d'acier résonnait. L'air était saturé d'odeurs antiseptiques.

Et une lamentable procession de souffreteux défilait sous les yeux attentifs et sagaces du vieux Ragot, dont toute l'âme ardente semblait passée dans son regard. La plupart de ces clients étaient de petits pauvres, portant les marques indélébiles de la misère, parfois les stigmates des vices de leurs parents. Il y avait là des rachitiques, des épileptiques, des scrofuleux, des cancéreux, et ceux-là n'étaient pas encore les plus affligeants à voir.

Jérôme Ragot — avec sa carrure trapue de paysan, ses bras noueux, ses traits durs, — Jérôme Ragot maniait les membres grêles de ces infortunés d'un geste si délicatement adroit, que leurs humbles mères en demeuraient confondues. Même lorsqu'il devait taillader la chair vive, on eût dit qu'il la caressait, tant ses gros doigts semblaient légers. Et quelle prodigieuse dextérité dans ses pansements, à la fois souples, résistants et commodes !

A côté de lui, ses aides, malgré tous leurs efforts, passaient immanquablement pour malhabiles. Deux ou trois de ces demoiselles semblaient condamnées à l'effacement jusqu'à la fin de leurs jours. Une autre, Virginie Languet, portant des cheveux courts et un lorgnon d'or, posait pour la pédante, affectait une désinvolture masculine, eût traité les malades comme des chiens, si le maître l'avait permis. La suivante, au contraire, Berthe Geoffroy, riait toujours et se moquait de tout, même de la science.

Germaine Maulain, seule, donnait l'idée d'une personnalité appréciable, et déjà Ragot la distinguait d'entre les autres, l'appelait à la rescousse dans les cas difficiles. Son impassibilité la servait bien. Devant les opérations les plus cruelles, pas un de ses muscles ne tressaillait jamais, et nul frisson nerveux n'agitait ses mains blanches. Elle semblait de marbre. Et Jérôme Ragot déclarait, enchanté :

— C'est la première fois que je rencontre un vrai tempérament de chirurgien chez une femme.

Mlle Maulain ne se glorifiait pas du compliment. Elle parlait peu, se contentait d'écouter, d'incruster en sa mémoire non seulement les leçons de ses professeurs, mais encore toutes les observations faites autour d'elle.

Trois fois par semaine, elle prenait le « car » et allait à Lille suivre les cours de la Faculté de médecine. Le reste du temps, elle travaillait à Blanche-Croix même, soit chez Ragot, soit dans les hôpitaux publics.

On l'appelait « la belle insensible » dans le monde des carabins. Elle était grande et bien faite, les traits réguliers et froids, avec des cheveux noirs toujours parfaitement coiffés, et des yeux largement fendus, d'un bleu pâle et glacial.

La matinée s'avançait. La dernière pratique du docteur venait d'entrer dans la salle. C'était une pauvre petite fille affligée du mal de Pott, et dont la déformation faisait mal à voir. Sur l'ordre de Ragot, Virginie Languet se mit en devoir de la déshabiller, mais si brutalement que l'enfant jeta des cris. Le maître se fâcha. Germaine Maulain, qui achevait de nettoyer des instruments, regarda la scène, mais ne bougea pas. Ce fut Berthe Geoffroy qui s'élança pour aider sa compagne. Il n'entrait pas dans le caractère de Germaine de se mettre en avant sans y être appelée. Prudente, elle redoutait trop les jalousies féminines. Seulement, quand elle eut fini son ouvrage, elle s'approcha du groupe, et, les mains derrière le dos, elle regarda faire ses collègues, sous la surveillance du maître.

Quand ce fut terminé, elle ôta posément sa blouse, la roula, l'insinua dans un petit sac, remit son chapeau, sa jaquette et ses gants, et s'en fut avec la plus insipide d'entre ses camarades, une blonde sentimentale et sotte, qui demeurait dans le voisinage du Cœur-Volant, et passait son temps à échafauder des projets de mariages invraisemblables.

Mlle Maulain ne l'écoutait pas. Ses propres affaires la préoccupaient suffisamment. Elle songeait aux deux hommes qu'elle allait retrouver dans son triste logis, et qui l'importunaient chacun à sa façon, et peut-être surtout parce qu'elle était obligée de les subir. Que serait-elle devenue sans son frère ? C'était la place de Philippe qui la faisait vivre. Quant à Fédor Basilikoff, il habitait chez les Maulain en qualité de pensionnaire, selon un usage fréquent dans les classes pauvres. Il leur payait une modeste redevance pour sa nourriture et son gîte, mais cela n'ajoutait guère aux faibles ressources du ménage, car tout l'argent du nihiliste était employé en expériences par les deux hommes. Comment même la maison de la Chouette n'avait-elle pas sauté encore, avec toutes leurs machinations ? Mystère.

La cuisine chimique était, du reste, à peu près la seule qui fût pratiquée chez les Maulain. La belle Germaine avait l'horreur des humbles occupations féminines en général, et de la confection du pot-au-feu en particulier. Peut-être craignait-elle de gâter ses mains souples, aux doigts longs et fins, dont l'adresse émerveillait le vieux Regot ?

Quand elle revenait de la clinique et des cours, à peine prenait-elle le temps de battre une omelette ou de faire griller quelques tranches de viande de cheval. Ses compagnons devaient généralement se contenter de conserves ou de charcuterie. Mais tous les deux se dédommageaient, hélas ! du manque de nourriture solide par l'abus des boissons, et les placards de leurs mansardes regorgeaient de liqueurs pernicieuses, dont l'usage entretenait l'exaltation morbide et féroce de leurs cerveaux détraqués.

Ce matin-là, en rentrant de chez Ragot, Germaine venait d'ouvrir une boîte de harengs « marinés au vin blanc » et déposait sur la table ronde un morceau de fromage et trois pommes, quand son frère fit irruption dans le logis et jeta son chapeau mou par terre, en criant :

— Oh ! les idiots ! les triples idiots !

La jeune fille était si accoutumée aux accès de frénésie du malheureux qu'elle n'y prenait plus garde.

Mais le Russe, occupé à composer sa copie quotidienne dans la pièce voisine, dont la porte était ouverte, releva la tête et demanda, une flamme aux yeux :

— Qu'y a-t-il donc de neuf ?

— Oh ! rien de *neuf*, répliqua Philippe avec un immense dédain ; c'est du bien *vieux*, au contraire, du démodé, de l'archisuranné! Des imbéciles qui s'écrasent dans leur temple pour évoquer les âmes de leurs aïeux défunts ! Au XX^e^ siècle ! Est-ce assez stupide, et faut-il que l'inepte croyance à l'immortalité de l'esprit ait la vie dure, dans ce qu'on appelle assez justement les masses !

Basilikoff posa, sur le bord de sa table à écrire, son porte-plume d'un sou, et il prononça dogmatiquement :

— Le peuple est bête !

Germaine, totalement indifférente à la discussion, achevait de disposer le très humble couvert.

Philippe se laissa choir sur une chaise, devant la table ronde, posa ses deux coudes sur la toile cirée et son menton dans les paumes de ses mains, et il se mit à gémir :

— Jusques à quand l'utopie d'une divinité protectrice courbera-t-elle ainsi les foules ! A quoi bon se sacrifier pour faire éclore la lumière ? Ces brutes adorent les ténèbres et s'y complaisent !

— Si ça les amuse ! nargua sournoisement Germaine. A chacun son plaisir, en ce monde !

— Tais-toi ! cria Philippe avec une colère soudaine, une

colère d'alcoolique dont les yeux s'injectent et les mains tremblent à la moindre contradiction.

Elle haussa les épaules et se mit à siffler entre ses dents.

Fédor abandonna sa copie, vint s'asseoir en face de Philippe et déploya sur son pantalon fripé le torchon à liteaux rouges qui lui servait de serviette. Il dit d'un ton conciliant :

— Nous sommes tous du même avis, en somme. Nous déplorons également l'ignorance persistante du peuple. Ce malheur vient de ce qu'il n'y a pas encore assez de pionniers de l'idée régénératrice du monde. Nous ne sommes pas assez nombreux, hélas !

Il soupira et se servit une part copieuse de poissons marinés, prenant soin d'entasser sur son assiette tous les piments et grains de poivre de la boîte : sa douloureuse constatation de l'ignorance des masses ne paraissait pas lui couper trop l'appétit.

Philippe Maulain se servit à peine et mangea du bout des dents. Mais il but, coup sur coup, trois verres de vin, avec une sorte de rage. De pâle qu'il était en rentrant, il devint soudain très rouge. Et il se mit à taper du poing sur la table, en répétant :

—C'est *lui* qui en est la cause ; *lui*, le suppôt des Jésuites ; *lui* le cafard, le calotin, le bénisseur ! Oh ! si je le tenais, celui-là !

Il grinçait des dents.

— De qui parles-tu donc ? demanda Fédor, la bouche pleine.

— De Jacques Sonnoy, parbleu ! De *leur* Jacques, comme ils disent, les crétins !

Basilikoff eut un geste de mépris superbe :

— Bah ! ne te fais donc pas tant de bile pour lui ! Ses manigances finiront bien par être percées à jour ! Et, malgré les sept cents ouvriers qu'il commande, son tour viendra comme aux autres !

Il rit méchamment.

Mais Philippe se fâcha davantage :

— Tu sais bien qu'ils sont réfractaires à la grève, tes sept cents ouvriers maudits ! Les camarades ont essayé dix fois de les soulever : rien à faire !

— Est-ce qu'on a besoin d'une grève pour tomber un homme ?

Le nihiliste clignait de l'œil, d'un air qu'il considérait comme très malin.

— Ah ! s'écria l'autre, si tu voulais m'aider !

Germaine s'enquit, indifférente :

— Qu'est-ce qu'il vous a donc fait, à tous les deux, cet individu ?

— Il est *riche !* répondit Fédor.

Et cette seule épithète prenait, dans sa bouche, une signification effrayante.

— Ma foi ! rétorqua l'étudiante en médecine, il a joliment raison de l'être, et si j'avais un conseil à vous donner, ce serait de lui demander sa recette !

Basilikoff tourna un mauvais regard du côté de la jeune fille :

— Vous ne prétendez pas dire que vous consentiriez à vous engraisser de la sueur des prolétaires, comme ce monsieur ?

— Pourquoi pas ?

Elle avait relevé la tête et regardait son interlocuteur en face d'un air de défi superbe.

Fédor hurla :

— Profiter du travail des autres, c'est un vol ! Mieux vaut crever de faim que voler !

— Ah ! non, par exemple ! répliqua nettement la jeune fille. Permettez-moi de différer d'opinion avec vous sur ce point. Libre à vous de végéter dans la misère jusqu'au dernier de vos jours si ça vous fait plaisir ; mais, quant à moi, je vous déclare que, s'il m'arrive jamais de pouvoir saisir la fortune aux cheveux, je n'en laisserai point échapper l'occasion. Pas si niaise ! A d'autres les désintéressements stériles ! Si je travaille, moi, c'est pour gagner de l'argent. J'aime l'argent, moi, et je l'avoue sans honte. Vous prétendez haïr et mépriser les richesses, à votre aise ! Mais peut-être les raisins sont-ils un peu trop verts pour votre goût !

— Oh ! protestèrent à la fois les deux hommes.

Elle rit insolemment.

— Ne l'écoute pas, Fédor, dit Philippe, furieux et vexé, ne l'écoute pas ! Les femmes ne sont bonnes qu'à débiter des sornettes, et si leur intelligence inférieure s'attarde aux mesquineries de l'existence, nous ne devons pas nous en étonner. Dans l'échelle de la nature, ce sont des êtres qui tiennent le milieu entre l'homme et la bête.

— Grand merci, mon frère !, s'écria l'étudiante, en saluant narquoisement la péroraison de l'orateur, tandis que le nihiliste, pour détourner la conversation, revenait au bouc émissaire, Jacques Sonnoy.

— Est-ce que ce fameux usinier de Saint-Pancrace a fait sa fortune tout seul ? Que sais-tu de lui, Philippe ?

Le jeune homme répondit d'une voix coupante :

— Je sais que ce personnage est le fils d'un officier du génie, comme moi ; son père était camarade de promotion du mien. Les uns réussissent, les autres ratent. Le capitaine Sonnoy a eu la veine d'épouser la fille d'un maître de forges, dont il a repris l'établissement, qui a prospéré étonnamment entre ses mains. Par des influences occultes, celle des Jésuites, sans doute, il a trouvé moyen de se faire attribuer la fourniture des roues de wagons d'une ou deux grandes Compagnies de chemins de fer. Le célèbre Jacques y a, fort habilement, ajouté la fabrication des camions automobiles, si répandus dans cette région. Il gagne tout ce qu'il *veut !* Ah ! le gredin ! si je pouvais seulement lui faire rendre gorge, dussé-je en crever moi-même !

Et Philippe Maulain, qui ne gagnait pas « ce qu'il voulait », ponctua son discours d'un juron horrible.

Fédor ne répliqua rien, il se mit à ricaner.

Germaine s'était emparée d'un journal, qu'elle lisait attentivement.

L'article qui la passionnait ainsi était le récit d'une fête donnée par un célèbre chirurgien de la capitale « dans son merveilleux hôtel de l'avenue Marceau ».

L'étudiante pauvre se disait :

— L'argent, il n'y a que ça au monde ! Ah ! si j'étais un homme, j'aurais vite fait de me frayer le chemin de la fortune ! Mais c'est si difficile pour une femme !

Elle soupira douloureusement. Un mot lui revint à l'esprit, qu'elle avait entendu répéter bien souvent à la Faculté de Lille :

— Si Ragot voulait s'installer à Paris et s'y faire mousser un peu, il aurait autant de vogue et peut-être une réputation mieux établie que le fameux Payen.

Pourquoi Ragot restait-il à Blanche-Croix ? Pourquoi se montrait-il si désintéressé vis-à-vis de sa clientèle de miséreux ? Travaillait-il donc pour l'amour de l'art ? On avait bien raison de dire que c'était un fameux original !

L'idée n'était jamais venue à son élève que le grand Ragot pouvait peut-être se dévouer aux pauvres pour l'amour de Dieu. Cela, c'était une compréhension de la science, hors de la portée de Germaine.

Elevée dans un lycée laïque, où suivaient seules quelques pratiques extérieures de religion les élèves dont les parents en avaient fait la demande écrite et formelle, la jeune savante ignorait tout de la charité chrétienne. On lui avait parlé vaguement de philanthropie, d'altruisme, grands mots creux, qui l'avaient fait sourire.

Se sacrifier pour rien ? Allons donc ! Perdre son temps et sa peine, risquer parfois sa vie pour la vaine gloriole d'appliquer une maxime ronflante, sortie de la cervelle boursouflée d'un pédagogue en mal de tapageuse réclame ? Plutôt ! Elle se souvenait encore d'un cours où un professeur célèbre, s'étant avisé de discourir sur la « solidarité humaine », elle, Germaine Maulain, elle n'avait pu retenir une exclamation incorrecte qui avait fait se rouler toutes ses voisines. Dame ! pourtant, si on se donnait tant de mal, ce n'était pas pour des prunes, peut-être ?

## III

Cependant, Philippe étant reparti pour se rendre à son usine, Fédor l'accompagna.

Sous son enveloppe grossière, le nihiliste ne manquait pas d'astuce. Il se garda bien de rien proposer à sa victime. Il se contenta de l'approuver, de le féliciter de ses projets, tant et si bien que l'autre finit par se croire l'inventeur d'une diabolique machination. Cela le gonfla d'orgueil. Un vent de folie le souleva. Il arriva battant la fièvre à son bureau, s'y enferma, et se mit à couvrir une grande feuille de papier de formules cabalistiques.

Si absorbé était-il par son travail, qu'il n'entendit point la porte s'ouvrir, et qu'il tressaillit violemment au contact d'une main se posant sur son épaule.

— Ah ! c'est vous, Monsieur Crépy ! vous m'avez fait peur.

Et il regardait son patron, avec les yeux égarés d'un homme qui tomberait de la lune.

Le petit vieux grisonnant fronça les sourcils.

— Vous avez tort, Maulain, répondit-il un peu sèchement, de vous perdre ainsi dans les nuages. D'abord, la besogne presse ; vous ne manquez pas d'ouvrage ici. Et puis, ça ne vous vaut rien de vous emballer sur vos X. Vous finirez par en perdre la tête. Encore si ça servait à quelque chose ! Mais je n'ai jamais vu encore le moindre résultat de vos élucubrations.....

Philippe eut un geste vague, et répondit d'un air assez gêné :

— Ça viendra, Monsieur Crépy. Ça viendra. Laissez-moi le temps de mûrir mes inventions.

Le patron s'était assis sur l'autre côté de la grande table. La lumière crue du plafond vitré tombait en plein sur lui. Le bonhomme ne payait pas de mine. C'était un ancien ouvrier, aux mains calleuses, devenu son maître, à force de courage obstiné et de patient labeur. Rien dans son apparence ne le distinguait du dernier de ses travailleurs. Il n'avait nulle instruction, mais du bon sens. Il répéta, en accentuant ses mots :

— Si ça servait à quelque chose, tous vos chiffres ! Il y en a de moins savants que vous, qui font de si belles trouvailles ! Ça donne du relief à une maison ; ça fait la fortune du patron et de l'ingénieur ! Les capacités ne vous manquent certainement pas, Maulain. Mais vous ne cherchez pas le *pratique*.....

Ses petits yeux fureteurs fouillaient le visage ravagé du jeune homme. Philippe eut peur et se sentit rougir. Il dit très vite :

— Je cherche peut-être une formule trop compliquée pour moi, Monsieur Crépy. Mais je finirai bien par la trouver, soyez-en sûr !

Le vieux, incrédule, hocha la tête.

— Si vous trouvez quelque chose, bien sûr que ce ne sera pas pour moi. Ça ne servira point à mes teintures. On ne m'ôtera pas de la cervelle que vous ne *mijotiez* une composition dans le genre « poudres et salpêtres ». Vous n'êtes pas pour rien fils d'un *pipo*.

Et comme Philippe, atterré, se taisait, le bonhomme ajouta, sans transition :

— Vous n'avez pas oublié l'affaire du bleu de Prusse pour la maison Barbieux, au moins ?

— Non, Monsieur Crépy, non. La commande est prête et pourra être livrée ce soir.

Le patron se leva et marcha en bougonnant vers la porte.

— C'est qu'il ne faudrait pas lâcher la proie pour l'ombre, jeta-t-il en s'en allant.

Maulain, resté seul, eut un moment de désarroi total. Il se prit la tête à deux mains, essaya de réfléchir. Ce vieux — qui lui donnait d'ailleurs un salaire de famine — l'avait payé uniquement dans l'espoir qu'un monsieur si diplômé donnerait un relief extraordinaire à son humble fabrique. Le bonhomme était déçu, commençait à se plaindre. Peut-être soupesait-il déjà l'opportunité de mettre son inutile ingénieur à la porte ? Ce serait la misère noire, la mort d'inanition fatale ? Car aucun chef d'usine à Blanche-Croix n'embaucherait un être d'aussi mauvaise réputation que Philippe. L'ingénieur le savait, en était sûr.

Cependant, telle était la perversité de son esprit et son obstination dans le mal, que Philippe Maulain, au lieu de reconnaître le bien fondé des plaintes de son patron, s'inquiéta seulement de le mieux tromper, de leurrer sa confiance, pour en venir plus facilement à ses fins.

Il affecta donc de chercher dans plusieurs bouquins, de prendre ostensiblement des notes. Car toute une cloison de son bureau était vitrée, et il devinait que le bonhomme, de loin, l'examinait attentivement par là. Puis il sortit du bureau, la plume encore fichée derrière l'oreille, il s'approcha successivement de plusieurs équipes d'ouvriers, les interrogea, prit des échantillons de différents rouges et les rapporta précieusement dans son antre.

Alors, les couleurs bien étalées autour de lui, vite, vite, il reprit sa grande feuille de brouillon et se replongea de nouveau, avec transport, parmi ses hiéroglyphes. Toutes ses réminiscences de sa vie de potache lui revenaient à la mémoire avec une lucidité merveilleuse ; il avait organisé admirablement sa mise en scène, pour faire disparaître le papier compromettant à la plus légère alerte. Mais le pion, c'est-à-dire le patron, ne revint plus, et le cancre, délaissant sa besogne, put s'amuser tout à son aise.

Basilikoff, pendant ce temps-là, flânait par les rues de la ville, en méditant une méchanceté, qu'il trouvait pleine d'esprit. Mais sa nature ne l'ayant pas doué d'une imagination fort vive, cela lui coûta beaucoup d'efforts et lui prit toute l'après-midi.

Ayant enfin élaboré son plan, le nihiliste chercha un lieu propice pour le mettre à exécution à son aise. Retourner chez lui, c'est-à-dire chez les Maulain, il n'y pouvait pas songer. Germaine devait être en train d'y bûcher ses leçons ; elle pourrait se douter de quelque chose. Aller au journal, ce serait pire encore ; les « frères et amis » étaient bien trop curieux.

Mais déjà passaient en courant les allumeurs de réverbères. Des équipes d'ouvriers sortaient tumultueusement des usines. C'était l'heure de la relève devant les hauts fourneaux. Fédor s'orienta. Et, après avoir tourné et retourné en un dédale de ruelles extraordinairement populeuses il finit par entrer dans un estaminet de déplorable apparence, où des tablées de *puddleurs*, le verre en main, menaient un tapage d'enfer.

Avisant un coin inoccupé, Fédor s'y glissa sans bruit, demanda une absinthe et « tout ce qui faut pour écrire ». Dans ces sortes de bouges, on ne fournit pas aux pratiques des papiers compromettants à en-têtes révélateurs. La servante apporta devant le Russe une pochette de correspondance à o fr. 10, provenant de chez l'épicier du coin. Ce papier-là est anonyme, c'était ce qu'il fallait au nihiliste.

Penché sur la table graisseuse, tirant la langue à force d'application, il se mit en devoir de rédiger une épître sensationnelle. Que de peines lui coûta ce chef-d'œuvre ! Car le misérable, déjà éreinté par la composition difficultueuse du texte, s'épuisait encore à contrefaire son écriture. Mais la prudence est la mère de la sûreté, n'est-ce pas ? Et, dans certaines entreprises louches, on ne saurait trop multiplier les précautions.

Quand le document fut parachevé — mais non signé, bien entendu, — Fédor l'insinua dans l'enveloppe, mit l'adresse avec un redoublement d'efforts, et la saupoudra de cendre de pipe pour sécher plus vite l'encre.

Alors, ayant relevé la tête, il regarda autour de lui, afin de s'assurer que personne de suspect n'avait pu l'espionner dans son travail. Non, nul ne prenait garde à lui. Sous l'empire du gin de Wambrechies, versé à flots, les puddleurs se battaient, parmi l'écroulement des bouteilles, avec leurs cris rauques de flamands qui ressemblaient à des hurlements de bêtes.

Basilikoff gagna la rue en tapinois, prit un timbre au débit de tabac voisin, et le colla tout de travers au beau milieu de son enveloppe. Puis il se dirigea vers la grande poste, dont l'horloge lumineuse marquait 5 heures du soir — on ne disait pas encore 17 heures à cette époque-là. — Fédor, en passant devant la boîte, jeta négligemment sa lettre, et aussitôt il se frotta les mains, et toute sa figure se crispa en un rictus de joie cruelle qui ressemblait au rire silencieux des hyènes.

Après quoi, par un détour savant, il se rendit à son journal, pour y vomir ses ordures quotidiennes, sur la religion, la patrie, la famille, le capital surtout !

— Tu es en retard, lui dirent les autres, en se moquant de lui, nous commencions à avoir peur qu'une des expériences de ton chimiste ne t'ait envoyé promener dans les nuages !

Basilikoff leva les bras au ciel.

— Ah ! le pauvre diable, il n'y songe guère à faire des expériences dans ce moment-ci ! L'ouvrage presse trop à son usine.

Et le nihiliste soupira profondément.

## IV

Une petite pluie, persistante et fine, tombait sur la grande route qui mène de Blanche-Croix à Saint-Pancrace. C'était une de ces grandes routes comme on en voit seulement dans le Nord, aux alentours des agglomérations ouvrières. Elle exhibait des pavés énormes, recouverts d'une boue gluante et noire, sur lesquels une interminable procession de chariots pesamment chargés défilait. Il y avait des trottoirs de chaque côté, tout du long, et presque tout du long aussi des rangées de maisonnettes basses, coiffées de tuiles vernissées, aux murailles proprement peintes, et pourvues généralement de volets verts. C'étaient de pauvres échoppes, pour la plupart, épiceries, fruiteries, merceries au rabais. Toutes les trois ou quatre maisons, une enseigne de zinc peint ruisselait sous la pluie, indiquant la présence d'un estaminet de dixième ordre. Entre chaque rangée de constructions, un bout de campagne plate apparaissait, laissant voir des sillons de betteraves bien alignés, ou le tapis jaune d'un champ de colza. Devant les portes, malgré la pluie, des ménagères lavaient à grande eau les trottoirs de briques. Des escouades d'ouvriers passaient, lents, déhanchés, traînant leurs galoches.

Un jeune homme les dépassa, filant, sur sa bicyclette, à bonne allure.

Quelques-uns le saluèrent. D'autres dirent, avec un large sourire, en se regardant :

— Le v'là ! Y n'est jamais en retard !

Bientôt, de grandes bâtisses enfumées succédèrent aux maisonnettes basses. Un bruit continu de machines en mouvement remplit l'air. Une foule plus pressée se heurta sur les trottoirs.

C'était la bourgade antique de Saint-Pancrace, désormais transformée en faubourg industriel, en succursale travailleuse de Blanche-Croix.

Le bicycliste filait toujours. En passant devant la chapelle vieillotte dédiée au jeune héros du martyrologe romain, il souleva sa casquette, sans ralentir l'allure. Du même côté que la chapelle, sur la gauche de la route, un mur de briques commençait, dont l'extrémité ne se voyait point. Ce mur paraissait enceindre une étendue de plusieurs hectares, couverte de ces constructions légères, aux trois vitres obliques, si employées aujourd'hui dans toutes les grandes usines. Au-dessus de ces bâtiments, deux ou trois cheminées grandes vomissaient des torrents de fumée noire. Une sirène mugissait effroyablement, et par la porte monumentale, au fronton cintré, s'engouffraient des flots de travailleurs aux bourgerons maculés de graisse.

Le bicycliste sauta légèrement de sa machine, et, la poussant à la main, se joignit aux ouvriers pour pénétrer avec eux dans l'usine. Au-dessus de l'entrée, sur le cintre de la porte, on lisait, en grandes lettres noires :

ÉTABLISSEMENT SONNOY

Le maître des usines, car c'était lui, obliqua aussitôt dans l'enceinte, et se dirigea vers un petit bâtiment isolé, décoré d'une pancarte portant ce seul mot : « Bureaux ».

Quelques jeunes gens, de bonne apparence, ajustaient leurs manches de lustrine et causaient, en riant, devant la porte de ce bâtiment. Ils se rangèrent pour laisser passer « M. Jacques ». Le patron accrocha son pardessus et sa casquette, et gara sa bicyclette dans la première pièce, sorte d'antichambre, qu'achevait de balayer un vieux scribe. Puis il pénétra dans son cabinet personnel, dont les deux fenêtres ouvraient sur une sorte de jardinet minuscule.

On eût dit la cellule d'un religieux plutôt que l'officine d'un brasseur d'affaires : des murailles nues, peintes à l'huile de couleur pâle, et décorées seulement de vastes cartes géographiques; une cheminée de marbre noir, surmontée d'un grand Christ de bronze, très simple, entre deux flambeaux de cuivre; un bureau immense et couvert de paperasses en bon ordre ; quelques sièges de cuir et de paille ; et c'était tout.

Le jeune homme s'assit devant son bureau et se mit en devoir de dépouiller sa volumineuse correspondance. Jamais il ne laissait à personne le soin d'ouvrir ses lettres. Mais, quand il avait pris connaissance de leur contenu, il en opérait lui-même le triage. Les unes, les plus nombreuses, étaient confiées à ses secrétaires, avec mention succincte de la réponse à faire à leurs expéditeurs ; les autres, en plus petit nombre, étaient réservées pour des réponses personnelles, de la main propre du destinataire ; et celles-ci étaient presque toujours des demandes de secours pressantes ; enfin certaines lettres, jugées indignes de réponse, se voyaient déchirées et jetées au feu.

Jacques Sonnoy venait donc d'ouvrir et de classer déjà une vingtaine de missives différentes, quand il lui en tomba une sous la main qui attira immédiatement son attention, car l'écriture de la suscription en était sans nul doute contrefaite. Le patron avait trop d'expérience pour s'y laisser tromper. Cela lui fut désagréable. Il tourna et retourna un instant la lettre entre ses doigts, d'un air de perplexité et de dégoût. Puis il se décida enfin, déchira l'enveloppe grossière, et lut les lignes suivantes, sans qu'un muscle tressaillît dans sa physionomie noble et ferme :

« Assez d'hypocrisie ! Le jeu du dévot millionnaire est percé à jour. Les simagrées de ses esclaves asservis et stupides ne préserveront pas *leur Jacques* de la juste vengeance des hommes libres ! Qu'il prenne garde à sa peau ; elle ne vaut plus bien cher. Les justiciers veillent. »

Jacques Sonnoy eut un sourire de pitié. Il replia cette lettre anonyme de menace, la remit soigneusement dans son enveloppe, cacha le tout sous un gros dictionnaire, et continua tranquillement sa besogne.

Quand il eut terminé, il réfléchit une minute. Malgré son mépris pour cette abjecte manœuvre, il aurait voulu savoir à quoi s'en tenir sur son auteur. L'idée que cette missive pouvait être l'œuvre d'un mystificateur l'humiliait. Il eût mieux aimé cent fois acquérir la certitude d'un danger prochain. Mais comment découvrir la vérité ?

Perplexe, il pressa sur un timbre. Un de ses jeunes secrétaires accourut.

Le patron commença par lui remettre le paquet de lettres auxquelles il importait de répondre. Puis il lui demanda négligemment :

— Roger, savez-vous si nous avons renvoyé dernièrement de mauvais ouvriers des usines ? Il me semble bien que non.

— Nous n'en avons pas renvoyé depuis cinq mois, Monsieur Jacques. Le dernier mis à la porte a été cet abominable ivrogne, Wallaert, qui est tombé dans le canal quelques jours après, et s'est noyé.

— Il me semblait bien. Et, et..... y en a-t-il actuellement qui laissent à désirer dans les usines ?

— Pas que je sache, Monsieur Jacques. Mais pourquoi cela ? Est-ce que, par hasard ?.....

Et l'œil inquiet du jeune secrétaire scruta involontairement les papiers du bureau. Mais le patron dit tout de suite :

— C'est bien, Roger, c'est tout. Allez à votre ouvrage, mon bon ami. Moi, je m'en vais passer mon inspection coutumière.

Cependant, avant de sortir de son cabinet, de peur d'une indiscrétion possible, M. Jacques reprit la lettre et la fourra dans sa poche, sous sa blague à tabac. Une conclusion désagréable s'imposait : quelqu'un se moquait de lui. D'un geste instinctif, le patron leva ses yeux vers le Christ de bronze, et il murmura tout bas :

— Mon Dieu ! si ma vie était vraiment en péril, je la remettrais entre vos mains. Il ne s'agit, je crois, que de mon amour-propre. Donnez-moi le courage de vous en faire le sacrifice !

Et, rasséréné par sa prière, il commença le tour quotidien de ses ateliers immenses.

Chaque jour, Jacques Sonnoy visitait ainsi successivement toutes les parties de ces usines merveilleuses dont il était le maître. Il vérifiait le fonctionnement des machines, surveillait l'exécution des commandes, mais surtout il s'occupait de ses ouvriers, écoutant leurs réclamations avec patience, jugeant avec équité leurs menues querelles, les conseillant dans leurs épreuves, les consolant dans leurs peines, se faisant « tout à tous », suivant la profonde parole de saint Paul. Jamais le généreux jeune homme ne se trouvait plus à l'aise qu'au milieu de ces natures frustes et rudes, brutales même parfois, mais bonnes au fond, et sincères dans l'expression de leur ardente reconnaissance.

En un pays où la sollicitude pour l'ouvrier est plus grande peut-être que partout ailleurs, dans le reste de la France, les établissements Sonnoy passaient pour des modèles du genre Tous les progrès sociaux y avaient été réalisés sur une vaste échelle, et avec la plus intelligente et la plus féconde entente.

Le travailleur honnête et actif embauché par M. Jacques n'avait pas à craindre les résultats néfastes de la maladie, des accidents ni du chômage. Une habitation convenable et à bon marché était assurée à sa famille. Et pourquoi se tracasser de la multiplication des enfants ? Une mutualité féministe, sagement réglementée, fournissait tous les secours nécessaires à la jeune mère. Si le nourrisson paraissait faible, ne pouvait-on pas l'expédier à la campagne, chez des gens sûrs ? Si les parents le conservaient avec eux, au contraire, ils avaient successivement à leur disposition crèches, garderies et asile jusqu'à l'entrée de leur rejeton à l'école. Alors venaient les catéchismes, les patronages et, dans la belle saison, les colonies de vacances. M. Jacques pourvoyait à tout, et, sans avoir l'air d'y toucher, sans jamais faire ostensiblement l'aumône, tant le système des Caisses de prévoyance était bien organisé par lui.

Inutile de dire que les vétérans de ses ateliers, que ses invalides du travail n'étaient pas les moins bien partagés dans sa maison. Les Petites Sœurs des Pauvres se chargeaient d'entourer leurs vieux jours de paix, de contentement et de bien-être. Et jamais le patron ne manquait d'accompagner la dépouille mortelle de ses fidèles serviteurs jusqu'à leur tombe, tandis qu'il prélevait secrètement sur sa cassette particulière le prix de nombreuses messes pour le repos de leur âme.

Tel était Jacques Sonnoy, l'homme auquel une main ignoble et honteuse venait d'adresser sournoisement des menaces de mort.

Déjà il avait oublié cette vilenie quand, sa matinée faite, il reprit le chemin de Blanche-Croix pour y partager le repas de sa vieille grand'mère.

Son père et sa mère n'existaient plus depuis longtemps. Ses deux sœurs portaient la cornette des Filles de la Charité de Saint-Vincent de Paul. Son aïeule demeurait seulement au jeune homme, bien âgée, bien fragile, détachée complètement de toutes les choses de la terre, mais semblant s'obstiner à la vie jusqu'au but éperdument désiré par sa tendresse : le mariage de son Jacques.

Justement, ce matin-là, quand le jeune homme, en rentrant dans la vieille maison familiale, pénétra près de sa grand'mère, il la trouva en conférence avec le vénérable curé de la paroisse, l'abbé Gervais. Tout de suite il se douta du complot, et, malgré lui, un léger mouvement d'impatience contracta son visage. Car cet être bon et dévoué, si facile à vivre, et dont l'existence entière était consacrée au bien d'autrui, prétendait du moins garder jalousement son cœur hors de la portée de toute intervention étrangère.

Trop chrétien pour ne pas considérer le mariage comme le devoir sacré de l'homme, il entendait toutefois ne se marier qu'à sa guise, à son heure et à son choix. L'insistance de sa grand'mère à lui proposer et à lui faire proposer sans cesse de nouveaux partis ne laissait pas que de l'agacer à la longue. Il se défendait poliment, doucement, mais avec une ténacité qui désolait la bonne dame. Ne sachant plus comment vaincre la résistance de son petit-fils, elle avait fini par appeler son pasteur à la rescousse. Elle aurait voulu que l'abbé Gervais fît un cas de conscience au jeune homme de prendre femme.

Au fond, le curé lui-même, malgré sa sincère estime pour Jacques, s'étonnait un peu de sa persistance dans le célibat. Il en venait à se demander si le puissant chef d'usine n'aurait pas contracté une inclination néfaste pour une personne de catégorie inférieure, impossible à faire accepter par sa grand'mère. Peut-être attendait-il la mort de la vieille dame Sonnoy pour épouser cette personne inférieure, une effrontée, sans doute, une intrigante, à coup sûr. Cette pensée-là *chiffonnait* le bon curé. Vingt fois il avait essayé de tâter le terrain à ce sujet en conversant avec son paroissien, mais il n'en avait jamais eu le courage devant le franc regard de son interlocuteur qui le déroutait.

Enfin, ce matin-là, pressé dans ses derniers retranchements par la vieille dame, il prit un parti désespéré. Et, dès que

Jacques parut, observant la légère contraction de sa physionomie expressive, il lui dit en face :

— Je vois, mon cher ami, que vous devinez le motif de ma visite. Pardonnez-moi mon indiscrétion ; mais votre sainte grand'mère se tourmente tellement au sujet de votre avenir que je vous supplie de me dire la vérité. Pourquoi refusez-vous impitoyablement et sans examen toutes les jeunes filles qu'on vous propose? Avez-vous un motif? Dites-le, je vous en conjure!

— Monsieur le Curé, répondit Jacques Sonnoy d'un ton très ferme et très grave, si je ne veux épouser aucune de ces jeunes filles, c'est précisément parce qu'*on me* les propose. On offre, on recommande des domestiques. Je n'admets pas qu'on agisse de même à l'égard d'une femme. J'entends choisir *moi-même* la compagne de ma vie, quand le bon Dieu jugera à propos de la placer sur ma route. Mais soyez tranquille, ajouta-t-il avec un bon sourire, je ne la connais pas encore, et, sur ma parole, dès que je l'aurai découverte, je vous en avertirai.

Aucun doute sur l'expression de sa physionomie. Les yeux de Jacques Sonnoy ne pouvaient pas mentir. L'abbé Gervais, soulagé d'un gros poids, respira profondément.

— C'est bien, dit-il en touchant la main du jeune chef d'usine, je vous crois, n'en parlons plus!

— Avouez, lui glissa Jacques dans l'oreille, en le reconduisant vers l'escalier, avouez que ma grand'mère et vous mouriez de peur de me voir faire un sot mariage.

Il riait. L'abbé Gervais rougit un peu.

— Mon Dieu, conclut-il, je ne vous cacherai pas que nous pouvons craindre quelque manœuvre occulte..... On rencontre parfois des natures si peu délicates en ce monde..... et dans votre situation.....

Les deux hommes étaient arrivés à la porte cochère, ouvrant sur la rue des Prévôts.

Comme Jacques saluait une dernière fois son curé, il remarqua un individu de mauvaise mine qui lui jeta un regard venimeux au passage.

Le personnage était de petite taille, sordidement vêtu, portant de longs cheveux et une longue barbe d'un blond sale de filasse.

Et, soudain, la mémoire de la lettre anonyme revint à l'esprit de Jacques.

— Serait-ce donc sérieux? se demanda-t-il en refermant la porte. Qui sait ? Si la Providence ne m'a pas encore pourvu d'une femme chrétienne, c'est peut-être que je dois mourir avant d'avoir fondé un foyer sur terre.

## V

Fédor Basilikoff, ayant vu se refermer le vantail de la grande porte sombre, eut un petit ricanement de mépris et de haine. Entre ses dents ébréchées, il murmura, dans sa langue maternelle :

— Enferme-toi bien, mon garçon, mets les verrous et les chaînes aux portes de ta chambre. Rien ne te préservera de la culbute dans l'autre monde, au jour marqué par le destin, c'est-à-dire par nous, les nihilistes!

Il tourna le coin de la rue et fila le long des murs pour regagner le logis du Cœur-Volant, où son ami Philippe devait se morfondre en l'attendant.

Depuis qu'il s'était réfugié en France, le proscrit russe cherchait vainement l'occasion de tuer quelqu'un, n'importe qui, pour assouvir ses passions sauvages de destructeur. Mais, trop lâche pour se risquer lui-même à exécuter l'attentat, il lui fallait trouver un bras fanatique et complaisant à son service.

Philippe Maulain lui avait paru, dès l'abord, lui convenir pour ce rôle périlleux, étant aussi méchant que lui et beaucoup plus brave. Cependant, Philippe, facilement perdu dans ses rêves, se laissant emporter par son imagination au delà des plus fantastiques des utopies sociales, ne s'était pas encore décidé à commettre l'acte fatal dont tous les deux parlaient sans cesse. Fédor désespérait presque, quand l'envie furieuse et la jalousie féroce entretenues par Philippe contre tous les « jouisseurs » en général se concentra soudain, et sans motif apparent, contre une personnalité spéciale : Jacques Sonnoy.

Le nihiliste rusé ne se demanda pas pourquoi ni comment le grand usinier de Saint-Pancrace avait eu le don d'exaspérer le passions fielleuses du jeune Maulain. Peu lui importait, en somme. Philippe abhorrait assez le fameux Jacques pour le tuer comme une bête. C'était le cas de profiter de l'occasion. Jacques Sonnoy était jeune, beau, intelligent, très riche, adoré de ses ouvriers. Il était *catholique* surtout. Autant lui qu'un autre ; et, par le fait, Maulain n'avait pas si mal choisi son homme.

On l'anéantirait donc. Fédor Basilikoff, par avance, en se représentant la boucherie, s'en frottait les mains. Ceux qui le rencontraient dans la rue s'étonnaient du rictus de ses lèvres minces. Enfin, quelqu'un allait payer pour tous les riches de cette maudite cité industrielle!

Fédor Basilikoff remonta en courant les deux étages, entra brusquement dans les mansardes.

— Que de bruit ! s'écria Germaine, mécontente. Qu'avez-vous donc ce matin, Fédor ?

— J'ai faim! répliqua-t-il vivement en s'asseyant à table.

Sur la toile cirée nettoyée, il y avait de la salade, du saucisson et des œufs durs.

— Je te félicite d'avoir faim, toi! dit Philippe d'un ton amer. Moi, je ne serais pas capable d'avaler une bouchée, en ce moment!

— Mauvais, mon cher! Très mauvais! Il faut manger, absolument, sans quoi les nerfs prendront le dessus, et tu ne seras plus bon à rien.

Germaine les regarda tous les deux attentivement, l'un après l'autre.

— Qu'est-ce que vous complotez donc? demanda-t-elle, sans aucune inquiétude dans la voix, du reste.

— Oh! répondit Fédor, tout simplement une nouvelle expérience chimique!

La jeune fille haussa les épaules.

— Si vos expériences vous rapportaient quelques sous, au moins! Mais jamais de la vie! Vous n'êtes pas assez pratiques pour cela! Très joli, la science pure ; de loin, en principe. Mais pour ce que la science nourrit son homme! Pas la peine de se détruire!

— Toi, s'écria Philippe, tu me dégoûtes! Tu ne penses qu'à gagner de l'argent!

— Et je m'en flatte encore!

Philippe allait rétorquer avec colère, Fédor le calma.

— Laisse-la donc ! dit-il. Qu'est-ce que ça te fait ? Ta sœur est bien libre de s'arranger à sa mode dans l'existence ! Elle est majeure, n'est-ce pas?

Philippe se tut de mauvaise grâce et garda un silence farouche jusqu'à la fin du triste dîner.

Dès que le café fut pris, Germaine se leva, débarrassa lestement la table, rangea la desserte, et, s'étant lavé les mains, s'apprêta pour sortir.

— Vous allez à Lille, aujourd'hui? lui demanda Fédor avec un intérêt soudain.

— Oui, je vais à Lille, et je rentrerai peut-être en retard. Si vous êtes pressés de souper, vous trouverez dans le buffet du fromage d'Italie et des sardines.

Elle roula proprement son parapluie, boutonna ses gants et sortit de la mansarde.

Alors Fédor se leva, se dirigea vers la porte, poussa soigneusement les verrous et, revenant vers Philippe :

— A nous deux, maintenant! dit-il à voix basse.

Ils passèrent ensemble dans la pièce voisine, qui leur servait à la fois de chambre à coucher et d'atelier.

Un étroit lit de fer étalait dans un coin la friperie de ses couvertures ; un autre, replié sur lui-même, supportait dans le jour des piles de livres qu'on posait par terre la nuit. Sur des planches grossières, clouées au mur, des multitudes de bocaux s'entassaient. En dessous pendait, lamentable, la défroque des deux hommes. Devant l'unique fenêtre s'étendait une sorte d'établi primitif, chargé des instruments les plus hétéroclites. Une table bancale supportait les manuscrits du Russe. Tout semblait désordonné et sale.

Cependant, les deux compagnons, en pénétrant dans ce bouge, eurent un même sourire de satisfaction et de triomphe.

Fédor prononça :

— Nous allons être bien tranquilles pour travailler!

— Ce n'est pas trop tôt! répondit Maulain, avec cette chipie qui entre et sort continuellement, nous avons déjà perdu vingt-quatre heures au moins!

— Bah! rien ne presse!

Ils s'assirent côte à côte devant l'établi.

Maulain se mit à doser délicatement des poudres qu'il mélangeait, avec d'infinies précautions, dans des tubes de verre couchés.

Basilikoff montait une sorte de minuscule mouvement d'horlogerie qu'il assujettit adroitement ensuite au fond d'une de ces grandes boîtes en fer-blanc cylindriques où les épiciers conservent les sucres d'orge et les bonbons « variés ».

Absorbés par leur ouvrage, à peine les deux hommes échangeaient quelques mots :

Maulain demanda tout à coup :

— On ne se doute de rien, à ton journal?

— On ne se doute de rien!

— Tu n'as pas dit un mot..... à personne?

— Pour sûr que non, jamais de la vie!

— Tu ne te fies donc pas aux camarades?

— Non, je ne m'y fie pas! répondit nettement Fédor. Ce ne sont pas des convaincus, au fond. Je suis sûr qu'ils auraient peur.

— Ils sont pourtant aussi misérables que nous! observa Philippe.

— Peut-être plus, mais ils espèrent toujours mieux. Combien de soi-disant révolutionnaires tourneraient en conservateurs s'ils sentaient leur bourse copieusement garnie!

— Et tu crois que tes confrères appartiennent à cette catégorie abjecte d'égoïstes?

— J'ai tout lieu de le supposer.

— Alors, déclara Philippe, tu as bien fait de te taire sur nos projets.

Fédor ne répondit rien. Il jugeait son ami un imbécile de ne pas comprendre sa pensée intime. Lui, Fédor, n'entendait pas se compromettre. Que le coup réussît ou ratât, il ne se souciait point de s'y trouver impliqué de sa personne. En gardant un silence absolu vis-à-vis de ses confrères, il se préservait prudemment de toute dénonciation de leur part. Que Philippe fût pris en flagrant délit d'assassinat, il le serait seul ; et lui, Fédor, pourrait jouer la surprise, la douleur, voire même l'indignation, à l'annonce de son crime.

Les heures passaient ; la nuit s'insinuait dans la mansarde. Il eût été imprudent d'allumer une lampe au milieu de tous ces mélanges. Force fut de ranger les poudres, de cacher la grande boîte. Et, pour plus de sûreté, quand les deux complices furent sortis de leur laboratoire, ils en refermèrent la porte sur eux, de crainte que les regards aigus de Germaine ne surprissent, même dans l'ombre, quelque objet suspect.

— Dommage de n'avoir pu terminer l'engin aujourd'hui ! dit Philippe en soupirant.

— Ce sera pour demain, voilà tout ! répondit philosophiquement son camarade.

Maulain prit un livre. Il n'osait pas sortir en ville, ayant prétexté une indisposition pour ne pas se rendre à son travail. Fédor Basilikoff partit pour le bureau de rédaction de son journal, emportant précieusement sa copie quotidienne dans la poche intérieure de son pardessus.

Le *Réveil des Parias* était installé fort succinctement, dans un petit local obscur et infect, au fond d'une cour, derrière l'établissement d'un juif de bas étage se livrant au commerce des chiffons, ferrailles et peaux de lapins. Cependant, quoique les « bureaux » du journal fusent situés au fond de la cour, une enseigne éclatante, couleur sang de bœuf, était accrochée à la devanture de la maison, indiquant la présence d'un journal anarchiste dans cet immeuble.

A vrai dire, le *Réveil des Parias* n'avait qu'un nombre d'abonnés infime. Mais il se vendait encore assez bien au numéro, le soir, devant la porte des fabriques, grâce à son impiété et à son immoralité surtout. Un ancien notaire véreux et condamné pour faux le commanditait. Un banqueroutier lui servait de directeur politique et d'administrateur financier. Quelques éphèbes, en mal de plume, cuisinaient vicieusement ses entrefilets à scandales. Tous les articles de tête, les *grands* articles, étaient signés de Basilikoff. Lisait-on ses deux colonnes d'injures à répétition contre la société pourrie du vieux monde et les institutions désuètes du capital et de la propriété ? Que lui importait ? Ça lui valait cent sous par jour, de quoi se payer l'apéritif et pourvoir aux expériences de son chimiste et ami, Philippe Maulain. Basilikoff n'en demandait pas davantage.

Ce soir-là, en pénétrant dans les bureaux, il s'aperçut d'une rumeur insolite parmi les membres de la rédaction. Le notaire jurait, le banqueroutier gesticulait avec rage, les jeunes faisaient chorus.

— Qu'y a-t-il donc ? demanda-t-il, vaguement inquiet, car, dans ces sortes de commerces interlopes, généralement on n'a pas la conscience fort nette.

Les autres lui répondirent, parlant tous à la fois :

— Figurez-vous que notre meilleur camelot, le vieux Balthazar, vient d'être à moitié écrasé tout à l'heure par un chariot sur la Grande Place. Tant pis pour lui, direz-vous. Naturellement. Au fond, son aventure nous serait bien égale ; un de perdu, dix de retrouvés. Mais le vexant de l'affaire, c'est que l'imbécile, se croyant déjà mort, a demandé à se confesser, devant tout le monde, tandis qu'on le transportait à l'hôpital. N'est-ce pas odieux ?

Fédor Basilikoff se mit à rire de la mine piteuse de ses collègues.

Mais le notaire se fâcha tout rouge.

— Vous riez, vous ! vous trouvez ça drôle, quand toutes les feuilles cléricales vont se gausser de nous demain, avec des « manchettes » d'une aune sur leur première page : « La conversion d'un anarchiste » ; « Eclatante réparation » ; « Révélations sensationnelles », etc. N'avez-vous pas honte de rire, Fédor Basilikoff ?

Le notaire écumait, positivement.

Basilikoff redevint grave.

— Si on nous attaque, nous sommes bons pour répondre ! répliqua-t-il.

Et, sur cette parole énergique, il passa paisiblement dans l'espèce de cave où était installée la presse.

L'histoire du camelot écrasé inquiétait assez peu l'ancien forçat, il avait d'autres sujets de préoccupation en tête !

Mais la journée n'était pas finie. Comme Fédor, sur le coup des 8 heures du soir, reprenait la direction de son domicile, il rencontra deux autres vendeurs du *Réveil des Parias*, qui l'arrêtèrent au passage.

— Vous ne savez pas, le vieux Balthazar.....

— Si, si, je sais ; il a été écrabouillé par un chariot ; il a demandé un curé à l'hôpital.

— Ah ! si ce n'était qu'un curé !

Fédor s'arrêta, cloué sur place.

L'un des vendeurs se pencha mystérieusement vers lui :

— Paraît que Balthazar, c'était un ancien ouvrier de Saint-Pancrace.....

— Hein ? quoi ? fit le nihiliste devenu tout pâle.

Le vendeur continua :

— Balthazar a eu des remords. Il a fait appeler « leur Jacques », comme ils disent, et ce qu'il a dû lui en raconter, vous voyez ça d'ici ! Ce qu'il doit rigoler, le Jacques !

Fédor Basilikoff dut faire un effort terrible pour répondre à cet homme, d'un ton à peu près calme :

— Nous pourrons toujours affirmer que le vieux avait perdu la tête.

— Ça, c'est vrai, répondit l'autre. Bonsoir, compagnon !

Fédor Basilikoff, resté seul dans la ruelle noire, au milieu du brouillard nocturne, s'aperçut qu'il claquait des dents. Toute sa poltronnerie native, lui remontant au cerveau, l'affolait. « Deux lignes de l'écriture d'un homme peuvent suffire à le faire pendre », dit-on. Et il avait commis cette insanité d'écrire à « leur Jacques » ! Et le vieux Balthazar connaissait si bien son écriture à lui, le nihiliste, l'évadé des bagnes de la Sibérie ! Même contrefaite, il ne s'y tromperait pas ! Et la pensée obsédante s'ancra dans son esprit épouvanté que Jacques, sachant d'où provenait le misérable, avait *dû* lui montrer la lettre pour chercher à en découvrir l'auteur. S'il en était ainsi, Basilikoff était perdu.

Sous l'empire d'une terreur abjecte, l'ancien forçat rentra précipitamment dans son logis d'emprunt, où il trouva le frère et la sœur en train de souper déjà en tête-à-tête.

Sa pâleur était si apparente que Philippe s'en inquiéta.

— Es-tu malade, Fédor, ou bien te serait-il arrivé *quelque chose ?*

— A moi, non ; pas encore, du moins, répondit le Russe d'un ton tragique ; mais Balthazar, le vieux camelot, a été écrasé par un camion sur la Grande Place.

— Et c'est cela qui te bouleverse à ce point ! s'écria Philippe sarcastiquement. Compliments, mon cher, je ne te savais pas si philanthrope !

Fédor, agacé, haussa les épaules.

— Laisse-moi donc aller jusqu'au bout, imbécile, et tu me comprendras, j'aime à le croire ! Du vieux Balthazar, je m'en fiche autant que toi. Mais le désagréable de l'affaire, c'est que le faux anarchiste, se sentant mourir, a demandé non seulement un curé, mais encore le fameux Jacques, pour lui faire sa confession !

Un juron retentissant échappa au jeune Maulain. Il cria :

— Mais savait-il, ce vieux ? Avais-tu donc parlé ?

— Non, non, répliqua précipitamment Fédor, saisi d'une nouvelle frayeur devant l'exaltation de Philippe ; non, non, Balthazar ne savait rien ! Personne au monde ne sait rien !

— Alors, que t'importe ! conclut son camarade, retombant comme une soupe au lait retirée du feu. Que le bonhomme raconte ses boniments à tous les curés de la ville, et à « leur Jacques » par-dessus le marché, ça nous est bien égal !

Il se remit à manger tranquillement. Mais Basilikoff avait perdu totalement son bel appétit coutumier. Sa gorge, contractée et sèche, ne laissait plus descendre la nourriture. Il étouffait. Ah ! s'il avait pu révéler l'intime pensée de son âme basse et vile ! Mais il ne l'osait pas. Il s'était caché de Philippe

Maulain pour écrire cette stupide lettre anonyme de menaces, inutile et imprudente satisfaction de sa vengeance anticipée. Jugeant des autres par lui-même, il se disait que si Philippe venait à le savoir compromis, vite il le renierait, le renverrait, l'abandonnerait, peut-être même s'empresserait-il de le livrer à la justice. Il en avait le frisson.

Quand Germaine se fut retirée et enfermée dans sa chambre, selon sa coutume, pour y travailler à loisir fort avant dans la nuit, Philippe, de nouveau, pressa Fédor de questions. L'agitation du Russe ne lui semblait pas naturelle, mais Fédor était bien résolu à se taire sur sa stupide démarche. Il balbutia de vagues explications.

— Toi, dit-il à Philippe, tu n'as rien à craindre. Ta place d'ingénieur chimiste n'est pas compromettante. Mais moi, rédacteur politique au *Réveil des Parias*, je puis être arrêté cette nuit, sur la dénonciation de crime!

— Allons donc ! comme si tout le monde en ville, depuis le maire jusqu'au dernier balayeur des rues, ne savait pas d'ores et déjà que tu es la cheville ouvrière du journal ?

— Oui, mais.....

— Il n'y a pas de *mais*. Tu es un poltron, Fédor, et voilà tout. C'est un prétexte que tu prends pour me lâcher à la veille du coup. Va-t'en, si tu as la frousse ! Moi, je n'ai pas peur, et je marcherai bien tout seul !

Une flamme de fureur s'allumait dans les yeux du chimiste. Fédor jugea plus sage de se taire.

Déjà Maulain s'installait à sa table de travail. Mais il ne pouvait pas, sans un danger mortel, manipuler ses poudres à la lumière du gaz. Il attira ses cahiers de notes, traça de nouveaux chiffres, se lança dans ses calculs. Bientôt, selon sa coutume en pareil cas, il perdit complètement la notion des choses. Il ne vivait plus sur la terre, mais dans les sphères nébuleuses des X. C'était pour lui comme une sorte d'extase, mais d'une extase absolument diabolique.

Fédor Basilikoff en profita pour se livrer à un autre genre de jouissance, pour goûter à des béatitudes beaucoup plus pratiques.

Tandis que Maulain, perdu dans ses rêves, avait totalement oublié sa présence, le Russe, au lieu de travailler à son « horloge », trouva moyen de se couler, inaperçu, vers un certain placard, s'empara d'une bouteille fortement rebondie et commença de la vider à petits coups, en se renversant la tête, et en se frottant l'estomac avec sa main libre, d'un air de satisfaction profonde.

Bientôt, s'assoupissant, il s'étendit sur son grabat, sans lâcher sa bouteille, soigneusement rebouchée. Puis il se réveilla, talonné par la soif sans doute, but de nouveau, se recoucha et renouvela ainsi son manège tant que resta une goutte du précieux liquide. Alors il tomba dans un sommeil morbide, hanté de cauchemars affreux, rêva que les policiers de Russie, conduits par Jacques Sonnoy, le menaient à la potence, et que le vieux Balthazar, la corde en main, apprêtait le nœud coulant.

A la même heure, Germaine Maulain, dans la pièce à côté, penchée sur ses livres de médecine, sous la lumière atténuée de sa lampe de travail, contemplait obstinément une planche représentant le mécanisme compliqué d'un cœur humain.

Elle songeait :

— Un muscle ? N'est-ce qu'un muscle ? Pourquoi les idéologues de tous les temps sont-ils plu à en faire le siège du sentiment humain ? Les catholiques même, dit-on, porteraient un culte au Cœur de leur Christ, considéré par eux comme le foyer de son amour universel. Etrange, extraordinaire conception d'un organe de chair et de sang !

Elle regardait toujours la planche anatomique. Elle se surprit à soupirer.

— Tant de gens s'aiment, pensa-t-elle, moi je n'aime personne ! De mon père, je ne me souviens pas ; ma mère me fatiguait de ses exigences et de ses plaintes ; mon frère m'est à charge ; Fédor me répugne ainsi qu'un reptile. Ah ! je suis bien seule au monde ! A d'autres les rêveries sentimentales autour du cœur ; moi, je le dissèque, le cœur !

Elle eut un petit rire amer, et se remit à la besogne. Jusqu'à 1 heure du matin, elle travailla. Jamais elle ne se couchait avant d'avoir accompli la tâche qu'elle s'était prescrite.

La mansarde qu'elle occupait donnait sur la rue. C'était de beaucoup la plus propre des trois, quoiqu'elle fût aussi pauvre que les autres. Le mobilier en était réduit au strict nécessaire, mais tout s'y trouvait parfaitement agencé. Quand la jeune fille occupait sa chambre, elle s'y enfermait ; quand elle sortait en ville, elle en emportait la clé. Elle se méfiait de Basilikoff, qu'elle savait assez ignorant des règles du *mien* et du *tien*.

Elle tenait le Russe pour un farceur et tirait assez peu de profit matériel de sa présence, mais elle lui reconnaissait le mérite d'occuper son frère, dont le fanatisme l'ennuyait et dont elle se trouvait ainsi bien débarrassée. Pendant que les deux hommes se chamaillaient ou manipulaient leurs poudres, ils la laissaient bien tranquille pour travailler à son aise.

Germaine Maulain était une fille parfaitement équilibrée. Elle avait bon appétit et bon sommeil et ne se laissait jamais emporter par son imagination au pays des rêves. Néanmoins, après ses singulières méditations sur la psychologie du cœur, elle eut beaucoup de peine à s'endormir. Le problème qu'elle avait toujours si bien repoussé loin d'elle revenait invinciblement se poser devant son esprit pratique. Jusque-là, toutes les facultés de son intelligence et de sa volonté s'étaient uniquement tendues vers un but matériel et positif : la conquête de la fortune. Du reste, elle faisait litière sur sa route. Pourtant, s'il existait autre chose ? L'argent pourrait-il ne pas être le seul mobile des actions et des passions humaines ?

Sans aucune donnée religieuse, totalement dépourvue de principes moraux, sa conception de l'amour ne s'élevait pas à des sphères fort hautes, mais il lui semblait cependant qu'un peu de tendresse eût mis une note de poésie dans le terre-à-terre de son existence étroite et pénible. Ç'eût été comme le bouquet de violettes ou la branche de mimosas qu'elle se payait au printemps pour embaumer la tristesse de sa morne cellule. Mais elle avait beau chercher autour d'elle, dans sa mémoire, nulle image ne se présentait dont elle pût dire en conscience :

— Je t'aimerai un jour !

Un bruit insolite dans la chambre voisine la troubla parmi ses songes. Elle écouta sans comprendre. Mais son frère, accouru, frappant à sa porte, criait :

— Germaine ! Germaine ! Viens vite, Fédor a une crise !

— Une crise de quoi ? Il aura bu, voilà tout !

— Non, non, c'est une attaque de nerfs !

L'étudiante en médecine se leva en grommelant des paroles peu flatteuses à l'adresse du malade. Elle enfila ses pantoufles, passa un long peignoir et se dirigea sans se presser vers le théâtre de l'événement.

Tombé apparemment de son lit, sous l'empire de quelque cauchemar, Fédor Basilikoff se tordait sur le plancher dans des convulsions épouvantables.

— Jette-lui de l'eau froide sur la tête, dit-elle à Philippe consterné. Nous ne pouvons rien d'autre pendant qu'il se démène ainsi.

Philippe s'empressa d'obéir, et, sous la douche apaisante, son camarade ne tarda pas à modérer ses contorsions. Bientôt il glissa dans une sorte de léthargie presque aussi effrayante que sa crise.

Philippe s'arrachait les cheveux, le croyant mort.

— Allons donc ! lui cria sa sœur, il en reviendra bien assez vite, ton cher ami ! Mais, tu sais, si ces plaisanteries-là doivent se renouveler souvent, je vous fausse compagnie, moi. Ça ne m'amuse point !

Elle veilla cependant le malade jusqu'à ce qu'il ait repris l'usage de ses sens. Mais elle était de mauvaise humeur et n'en ménagea pas l'expression à son frère. Elle lui dit, entre autres aménités :

— J'aurais bien voulu qu'il y restât, le misérable ! Il nous amènera quelque ennui, un jour ou l'autre. Cette crise-là n'est pas normale. Je suis sûre qu'il lui est arrivé une aventure hier. Toi-même as été frappé de la décomposition de sa figure. Tu as bien tort de te laisser mener par cet être-là. Il te fait tirer les marrons du feu pour lui. Et si jamais votre association tourne mal, c'est toi qui payeras les pots cassés.

— Comme tu es vulgaire, ma pauvre sœur ! fit l'anarchiste avec mépris. Tu ne comprendras jamais le sacrifice à la Cause ! Fédor et moi, nous avons fait abnégation totale de notre vie pour l'Idée. Peu nous importent la prison et les supplices !

— Faut-il que vous soyez bêtes ! s'écria-t-elle.

Fédor Basilikoff, à ce moment, ouvrit les yeux, promena un regard stupide et demanda :

— Où est *leur* Jacques ? Je l'ai vu tout à l'heure, il m'a roué de coups.

— Il n'a peut-être pas eu tort, murmura Germaine avec un sourire de mépris.

Et, après avoir fait avaler une potion calmante au misérable, elle rentra dans sa chambre et s'endormit enfin.

## VI

Le vieux père Crépy, le patron de Philippe Maulain, n'était pas précisément un clérical, mais cependant pas non plus un révolutionnaire. Il appartenait à cette catégorie de gens aux opinions flottantes, qu'on appelle des *opportunistes*, espèce plus rare en Flandre qu'ailleurs, parce que les caractères y sont en général très fortement trempés pour le bien ou pour le mal, pour le bien surtout !

Mais enfin le bonhomme n'avait aucune envie d'avoir des raisons avec la police, et les allures de son ingénieur chimiste commençaient à l'inquiéter. Depuis longtemps déjà Philippe Maulain baissait en son estime, parce qu'il n'inventait rien de bon. Le père Crépy le soupçonnait maintenant d'inventer des « diableries », comme il disait, et ce soupçon le remplissait d'épouvante.

Il en était venu à se demander s'il se débarrasserait de son ingénieur, quand une circonstance fortuite vint augmenter ses justes appréhensions. Le hasard, ou, pour parler plus chrétiennement, la Providence voulut que le vieux Crépy passât sur la Grande Place au moment même où le pauvre Balthazar y fut écrasé par un chariot. Le vieux Crépy s'empressa, comme les autres, autour du malheureux, l'entendit réclamer à grands cris le secours d'un prêtre, et, touché de compassion, suivit le cortège jusqu'à la porte de l'hôpital.

Mais, les portes refermées sur la victime, la foule n'en continua pas moins de stationner sur le trottoir. Tout le monde parlait à la fois, pérorait, commentait l'événement funeste. Comment l'écho de la confession publique de Balthazar vint-elle jusqu'à lui ? Mystère. Le fait est que le vieux Crépy en apprit plus là en cinq minutes sur le fonctionnement du *Réveil des Parias* qu'il n'en avait soupçonné jamais. Le nom de Fédor Basilikoff lui fit dresser l'oreille. Quelqu'un près de lui, répondant à l'interrogation d'une autre personne, expliqua :

— C'est un Russe, un exilé politique, un fort gaillard, chevelu et barbu, qui regarde toujours le monde en dessous.

Le père Crépy frémit d'horreur. Il savait que Maulain hébergeait un Russe, soi-disant « compositeur » de son métier. La gorge sèche, il demanda :

— Est-ce que ce Basilikoff ne logerait point dans la ruelle du Cœur-Volant ?

— Effectivement, répondit une bonne femme d'une voix glapissante, il demeure au Cœur-Volant, chez la Chouette, là ousqu'il y a une étudiante et un chimiste !

Le vieux Crépy était fixé. Il n'en demanda pas davantage ; il rentra chez lui furieux et bien décidé à renvoyer son ingénieur dès le lendemain.

Mais la nuit, dit-on, porte conseil. Une nouvelle terreur envahit le patron, dont la bravoure n'était, certes, pas la qualité dominante. Est-ce qu'il est prudent de jeter ainsi sur le pavé des malandrins pareils, des gens de sac et de corde ? Ne s'expose-t-on point, ce faisant, à des vengeances atroces ? La liste serait longue des attentats commis contre des chefs d'usine trop durs ! Une bombe explosive est vite placée sur le rebord d'une fenêtre !

Le père Crépy, au fond de son alcôve, en claquait des dents de peur.

Et cependant il ne *voulait* pas garder Maulain à son service.

Après avoir bien pesé le pour et le contre, il s'arrêta finalement à un moyen terme. Il résolut de patienter quelques jours, en affectant beaucoup de cordialité à l'égard de son ingénieur, puis de l'avertir poliment que, les affaires ne marchant plus du tout, il ne lui était plus possible de le conserver.

Le vieux Crépy, satisfait de sa conclusion, arriva de bonne heure à son usine, le lendemain matin, et guetta curieusement son ingénieur, sur la physionomie duquel il espérait découvrir un reflet des événements de la veille.

Mais Philippe, loin de se montrer agité ou inquiet, semblait plutôt endormi, contrairement à toutes ses habitudes.

Trois fois de suite, et sans aucune espèce de motif, le patron s'élança inopinément dans son bureau. A peine Maulain tourna-t-il la tête. Et il ne griffonnait point des problèmes indéchiffrables, il établissait tranquillement le relevé de compte du bleu de Prusse, pour la maison Barbieux frères et Cie.

Cela dérouta le vieux bonhomme.

Indécis de nouveau, perplexe, il rentrait chez lui, midi sonnant, lorsqu'il fut accosté dans la rue par un de ses anciens camarades de l'école primaire, devenu agent d'assurances, et aussi, disait-on, agent de la police secrète.

Ce personnage lui emboîta le pas et, après avoir échangé avec lui quelques propos banaux sur la température, il lui dit, à brûle-pourpoint :

— Tu devrais te méfier de ton ingénieur, Narcisse, il ne fréquente pas du joli monde.

Le père Crépy sentit ses cheveux se dresser droit sur sa tête. Il y a des gens pour lesquels la crainte de la « rousse » est le commencement de la sagesse.

Il bafouilla, éperdu :

— De quoi ? De quoi ? Mon ingénieur ? C'est un garçon très tranquille qui vit seul avec sa sœur unique.

— Oui dà, et avec un évadé des bagnes de Sibérie !

— Oh ! Prosper, ce n'est pas possible !

L'autre le regarda du coin de l'œil, eut un petit ricanement moqueur.

— Méfie-toi, mon vieux Narcisse, méfie-toi ! Rappelle-toi bien du proverbe : « Dis-moi qui tu hantes et je te dirai qui tu es ! »

Et là-desus il le quitta, laissant le bonhomme plus mort que vif.

Philippe, qui ne se doutait de rien, était déjà rentré dans son bureau, quand son patron revint à l'usine, après le repas de midi.

Le père Crépy était en retard, chose qui ne lui arrivait pas souvent, et cependant il n'avait guère absorbé de « soupe verte » ni de « couquebaque », ce jour-là ! Même, à vrai dire, le bonhomme n'avait pas dîné du tout.

Le père Crépy ne se sentait pas bien. Un petit tremblement l'agitait, ses jambes flageolaient sous lui. D'un regard angoissé, il chercha son ingénieur derrière sa cloison transparente, le vit à son poste et, d'un effort surhumain, se dirigea de son côté.

Philippe, encore à moitié endormi, compulsait lentement des registres. Il tourna les yeux vers le patron, qui venait de se laisser tomber sur une chaise, et s'aperçut avec surprise de sa pâleur cadavérique. Le bonhomme, d'un geste machinal, essuyait avec son mouchoir la sueur qui perlait à son front.

— Est-ce que vous êtes malade ? lui demanda l'ingénieur étonné.

— Oui, répondit avec empressement le vieux.

— Qu'est-ce que vous avez donc ?

Le père Crépy fit un geste de désespoir.

— C'est que mes affaires vont mal, très mal.

Il soupira douloureusement.

Maulain venait de fermer ses registres.

Il regarda le bonhomme, d'un air dubitatif, hasarda :

— Pourtant, les commandes marchent, l'ouvrage presse.....

— Oui, oui, je sais bien, répliqua le vieux en hochant la tête. Tout ça, c'est très joli en apparence. Mais il faut voir le fond des choses. Ah ! si j'avais des capitaux ! Vous savez bien qu'il me faut recourir à des commanditaires. Eh bien, ils menacent de me lâcher, mes commanditaires, voilà !

De livide qu'il était cinq minutes auparavant, le père Crépy était devenu écarlate. Il se leva précipitamment et se mit à tourner dans l'étroit bureau comme un ours en cage, bégayant, sans regarder son ingénieur :

— Il faudrait..... Il faudrait, je ne sais pas quoi pour les retenir.

— Une découverte sensationnelle, acheva Maulain, de son air le plus narquois. C'est bien cela, n'est-ce pas, Monsieur Crépy ?

— Oh ! je n'en sais rien du tout ! s'exclama le vieux, pris de panique, maintenant, devant le regard moqueur et méprisant de son subalterne.

Philippe eut un petit rire soudain qui acheva de terroriser le bonhomme. Puis, se reprenant tout à coup, il dit très sérieusement :

— Calmez vos commanditaires, Monsieur Crépy, tâchez de leur faire prendre patience deux ou trois jours encore, au plus. Et après cela ils en auront pour leur argent, allez ! J'en suis venu à bout, de mon invention. Je ne vous dis que ça. Vous n'en reviendrez pas de surprise vous-même. Je vous garantis que vous en aurez une réclame, alors !

Le père Crépy, hésitant, le regardait avec une certaine inquiétude, ne sachant trop s'il devait se réjouir à l'avance ou non. Le bonhomme avait toujours un peu peur qu'on se moquât de lui.

Maulain répéta :

— Ce sera étourdissant !

Et le vieux, sans comprendre, se laissa *étourdir*.

## VI

Quand une servante de l'hôpital était accourue en hâte chercher Jacques Sonnoy dans sa maison, sur la requête du vieux camelot, la première pensée du chef d'usine avait bien été, en effet, pour la lettre anonyme reçue le matin. Ce vieux savait-il quelque chose ? Voulait-il révéler un complot ?

Jacques se le demandait, en courant à travers le brouillard, dans la direction de l'hôpital Sainte-Marguerite.

Il trouva le pauvre Balthazar au moment d'entrer en agonie, confessé déjà, repentant et secoué de sanglots convulsifs, dus autant à ses remords qu'à ses souffrances atroces.

— Oh ! M'sieu Jacques ! lui dit le mourant. M'sieu Jacques, ayez pitié de moi, je suis un malheureux ! Depuis que je vous ai quitté, voilà cinq ans que je vis dans la boue, entre l'ivresse et le vol. C'est la mauvaise presse qui m'a perdu. J'avais le goût de la lecture, j'achetais ses vilaines feuilles. Y en a bien plus de méchantes que de bonnes. Oh ! M'sieu Jacques, si le monde savait le tort que peut faire un sale journal ! J'ai voulu vous demander pardon avant de mourir et vous supplier de prier et de faire prier pour moi. Mais j'ai voulu vous dire ça aussi, M'sieu Jacques : méfiez-vous de la mauvaise presse !

Le vieillard pleurait. Jacques, ému, lui serra les mains, l'assura de son pardon et de ses prières.

L'autre continua de parler, divaguant un peu, répétant toujours les mêmes paroles : « Sales journaux, vilains livres, poison du pauvre monde. » Mais de la lettre, pas un mot.

— Il ne sait rien, sûrement, pensa le jeune homme. S'il avait eu connaissance d'une machination contre moi, il n'eût pas manqué de m'en avertir. Peut-être, après tout, cette lettre n'est-elle que l'œuvre d'un plaisant de goût douteux.

L'aumônier de l'hôpital arrivait, portant les Saintes Huiles. Déjà le moribond perdait l'usage de tous ses sens.

Une demi-heure plus tard, le vieux Balthazar était mort. Son ancien patron lui ferma les yeux et retourna chez lui, recueilli et grave, ressassant avec angoisse les dernières paroles du transfuge :

— Méfiez-vous de la mauvaise presse !

Oh ! comme ce cri d'un camelot de venin répondait à sa conviction profonde ! Comme c'était vrai ! Si l'on savait le mal que peut faire un journal perfide ! Quoi ! l'hygiène physique était à l'ordre du jour ! Les médecins multipliaient les précautions inlassables autour de l'humanité en péril. La guerre était déclarée partout aux microbes de la matière ! Et le poison qui tue l'âme coulait à flots sur la voie publique, sans qu'aucune autorité s'interposât pour en endiguer le torrent ! Affiches, prospectus, périodiques, brochures, tout était mis librement en œuvre pour corrompre les mœurs du peuple et ravaler la masse des ouvriers et ouvrières au niveau moral d'un troupeau de pourceaux.

L'initiative privée des catholiques réagissait assurément contre un si lamentable état de choses, Jacques Sonnoy le savait mieux que personne, lui qui soutenait de ses deniers toutes les bibliothèques des patronages et des paroisses, lui qui fournissait gratuitement de bons livres toutes les familles de ses travailleurs. Mais il lui sembla soudain qu'il n'avait rien fait encore. Il entrevit pour la première fois la possibilité d'une diffusion formidable de lectures saines et fortes ; de petits périodiques alertes, déposés à la porte des ménages pauvres, et que les gens dévoreraient en allant aux fabriques ; des tracts illustrés distribués chaque soir aux carrefours par de jeunes et hardis camelots. Un frisson joyeux le secoua, une bouffée d'orgueil légitime lui monta au cerveau.

— Le *Réveil des Parias !* songea-t-il avec mépris. Un follicule infime ! Comment ne l'avons-nous pas pulvérisé sous le talon de notre botte, nous catholiques, nous qui sommes le nombre et qui avons la richesse en partage ? Pauvres de nous ! Manquons-nous assez d'énergie ! Avec les moyens dont nous disposons, si nous le voulions fermement, nous arriverions à régénérer le monde !

À la lettre anonyme, il ne pensait plus.

Il rentra de si belle humeur pour souper que sa bonne grand'mère s'étonna.

— N'avais-tu pas été appelé près d'un malheureux mourant ?

— Oui, grand'mère ; mais cet homme, avant de mourir, m'a donné de si beaux conseils que j'en suis électrisé !

Et il rapporta les propres paroles du vieux camelot, et il expliqua le projet grandiose qui venait de germer dans sa cervelle fertile.

L'aïeule approuva.

— Je te fournirai ton fonds de bourse, lui déclara-t-elle.

Ils causèrent ensemble de cela toute la soirée : On ferait appel à la générosité de tous les chefs d'usines chrétiens, et ils étaient nombreux à Blanche-Croix ; on récolterait des souscriptions dans tous les rangs de la bourgeoisie, on nommerait un Comité exécutif, on recruterait des écrivains. Jacques citait des noms, proposait des sujets que discutait sa grand'mère. Elle dit doucement :

— N'oublie pas les femmes, Jacques. Tu ne parles que d'hommes dans tes combinaisons. Ne néglige pas le concours des femmes. Elles peuvent t'être infiniment utiles. D'abord, elles te comprendront toutes, sûrement, et peut-être mieux que beaucoup de leurs maris ou de leurs frères. J'en connais même plusieurs qui te prêteront volontiers le concours de leur plume. Ce n'est pas à mépriser.

— Si vous vous chargez de les conquérir, je ne demande pas mieux, grand'mère !

La vieille dame soupira un peu en pensant :

— Toujours le même éloignement pour les femmes, hélas ! Mourrai-je donc sans l'avoir vu marié ?

Et, quand elle se fut retirée dans sa chambre, elle pria longuement pour que son Jacques trouvât enfin une femme selon son cœur.

Cependant, son Jacques n'était pas homme à remettre l'exécution d'un projet charitable, si difficultueux qu'il fût.

Dès le lendemain matin, il se mit en campagne pour chercher des collaborateurs à l' « Œuvre de la Presse » qu'il voulait établir immédiatement à Blanche-Croix. Comme il passait la plus grande partie de son temps à son usine, il ne put voir qu'un nombre restreint de personnes ce jour-là, mais toutes l'approuvèrent et lui promirent leur concours pécuniaire ou autre.

Il tenait particulièrement à s'entendre tout de suite avec un ancien officier supérieur d'artillerie, le colonel Martin, qui consacrait noblement les loisirs de sa retraite à faire des conférences et des cours aux ouvriers. Jacques pensait avec raison que le colonel pourrait lui composer des tracts à l'emporte-pièce, mais il fallait le saisir. L'ex-canonnier qui servait de valet de chambre au digne homme dit au jeune chef d'usine :

— Mon colonel ne rentrera pas avant minuit. Il soupe chez le Dr Smith et ils doivent aller ensemble après souper installer de nouvelles projections au Cercle catholique de la rue Neuve.

— C'est bien, dit Jacques, j'irai le trouver au Cercle.

Ayant soupé avec sa grand'mère, selon sa coutume, le jeune homme se dirigea, en effet, vers la rue Neuve, qui se trouvait à l'autre extrémité de la ville.

Une nombreuse assemblée s'y trouvait réunie. Le jeune abbé Parmentier, infatigable directeur du Cercle, s'affairait, avec un missionnaire barbu récemment arrivé du Thibet, qui lui apportait une série de clichés inédits pour ses projections géographiques. Le colonel Martin, le Dr Smith et plusieurs autres personnalités « cléricales » jugeaient de l'effet saisissant de ces reproductions et s'extasiaient tumultueusement.

On fit fête à Jacques Sonnoy. Il demanda courtoisement une minute d'intermède et, en deux mots précis, raconta la mort du camelot et développa les conclusions tirées de ses recommandations dernières. Un nouveau plan de bataille est toujours acclamé par les catholiques militants de la vieille Flandre. Le vaste projet de Jacques Sonnoy emballa ceux-ci. Le colonel promit vingt, quarante tracts pour commencer. offrit des illustrations sérieuses, l'abbé et le médecin des charges. On bavarda jusqu'à 11 heures du soir.

En sortant du Cercle, Jacques entra un moment dans une petite chapelle de secours où se faisait l'adoration nocturne, et où il eut la joie de reconnaître plusieurs de ses ouvriers prosternés devant le Saint Sacrement.

Puis il reprit le chemin de sa maison, marchant d'un bon pas, sous une sorte de grésil qui tombait, glacial. En tournant le coin de la rue des Prévôts — la sienne, — qui était parfaitement bien éclairée, il observa qu'elle était déserte. Son pas résonnait sur le trottoir avec une sonorité métallique. Arrivé à la porte cochère de sa demeure, il introduisit son passe-partout dans la serrure, entra, referma le vantail et remonta chez lui.

## VII

Pendant que ce vaillant chrétien employait ainsi sa soirée, il ne s'inquiétait guère des menaces anonymes reçues la veille pour les mettre à exécution la nuit même.

Philippe et Fédor avaient bien travaillé. De sa crise terrible, le Russe ne paraissait nullement se ressentir. L'engin était prêt, attendait sur l'établi.

A table, les deux hommes avaient parlé d'un rendez-vous de plaisir, pour détourner les soupçons de Germaine.

— Le patron du journal nous régale ce soir, à l'estaminet du *Merle Blanc*, avait dit Fédor. Viens m'y rejoindre, Philippe. Nous irons faire un tour au théâtre du Petit Guignol ensemble.

— Je veux bien, avait répondu Philippe, cela me remettra de ma migraine.

Et Germaine enfermée dans sa chambre, ils avaient filé mystérieusement, l'un après l'autre.

Ce n'était pas au *Merle Blanc* qu'ils se rendaient, mais au *Chapeau Rouge*, une misérable taverne, dans une ruelle populeuse, donnant à l'extrémité de la rue des Prévôts.

Basilikoff connaissait bien les aîtres de cet établissement louche. La taverne occupait l'arrière-boutique d'une papeterie-librairie borgne, totalement dépourvue d'acheteurs après 8 heures du soir. L'horrible vieille qui tenait la boutique dans la journée se repliait alors dans la taverne, où elle aidait son digne époux à servir les clients, c'est-à-dire qu'elle se grisait abominablement avec eux. Fédor savait que, le soir, la boutique vide et insuffisamment éclairée par une mauvaise lampe à essence présentait des coins d'ombre, où il serait facile de cacher l'engin sans attirer l'attention de personne.

Pour plus de sûreté, les deux complices avaient enveloppé la boîte de fer-blanc d'un papier noir d'emballage, maintenu par une ficelle. Ainsi l'objet, dans les ténèbres, passerait inaperçu.

— Tu porteras ça sous ta pèlerine, dit le Russe à Philippe,

et les gens que tu croiseras par les rues ne se douteront de rien.

Car le prudent personnage n'entendait pas se charger lui-même d'un fardeau de ce genre. Son culte du néant n'allait pas jusqu'à risquer de détruire sa précieuse personne.

Le malheureux Maulain, au contraire, exultait à la pensée du péril couru pour satisfaire ses passions cruelles. Il marchait au-devant de la mort avec une espèce d'ivresse. Il se répétait, en serrant la bombe contre sa poitrine :

— Si je péris, qu'importe, pourvu que l'autre soit réduit en miettes !

Pauvre égaré auquel avait manqué le flambeau de la vérité éternelle pour distinguer le bien et le mal, dans les ombres de la vie présente !

S'étant rejoints dans la taverne du *Chapeau Rouge*, les deux hommes se mirent à jouer aux cartes. Les consommateurs étaient rares et de fort piètre apparence. D'un vieux poêle de fonte chauffé à blanc, une chaleur suffocante montait ; l'intense fumée du tabac de « zone » obscurcissait la lueur jaunâtre de l'unique bec de gaz. Le maître de la taverne ronflait dans un coin. La vulgarité de la scène écœurait Philippe, mais son camarade semblait se complaire en cette abjection ; il riait en montrant ses dents de loup, il plaisantait et buvait effroyablement.

Sur le coup de 11 heures, la mégère, qui surveillait ses pratiques, dit mollement :

— Faut fermer ; c'est le règlement de la police : faut vous en aller tous.

Personne ne remua.

Une sorte d'apache, qui pariait pour le jeu du Russe, dit sans se déranger :

— Verrouille ta devanture, la mère !

La hideuse vieille se leva. Maulain fit un mouvement pour s'élancer. Quoiqu'il eût placé l'engin derrière le comptoir de papeterie, une crainte le saisissait que la mégère ne le découvrît ou même ne le renversât au passage. Mais Fédor le saisit par le bras et le maintint de force à sa place.

— Bouge pas ! dit-il avec un regard significatif.

Et il ajouta moqueusement, pour la galerie :

— Tu es trop galant, la patronne saura bien se tirer d'affaire toute seule.

Avec un frisson de terreur, Philippe entendit la vieille heurter ses volets, entrechoquer des barres de fer. Le bruit lui parut infernal. Puis, la porte donnant sur la ruelle fermée à clé, un profond silence tout à coup s'établit. La lueur hésitante de la lampe à essence s'évanouit soudain, et la mégère, traînant ses savates, revint s'accroupir au coin du poêle.

Philippe Maulain tira son mouchoir de sa poche et le passa lentement sur son visage, où coulait une sueur froide.

— Tu as chaud ? demanda Fédor avec un intérêt narquois.

— J'étouffe ! répliqua rageusement l'anarchiste.

Il aurait voulu battre Fédor. Cette attente fiévreuse du dernier moment exaspérait ses nerfs. Seul, il n'aurait jamais différé si longtemps l'accomplissement de son crime ; mais le Russe veillait. Il avait bien calculé toutes les chances de réussite de l'attentat. Etant donné que tous les établissements publics, cafés et concerts, devaient fermer régulièrement à 11 heures, il fallait laisser aux gens le temps matériel de rentrer chez eux, soit quarante-cinq minutes environ.

Maintenant, Basilikoff consultait fréquemment sa montre.

Tout à coup, il dit :

— Minuit moins dix ! Allons, Philippe, ta sœur s'épouvanterait de ne pas nous voir rentrer !

Philippe était debout avant la fin de la phrase. Il bégaya, en regardant autour de lui :

— Je crois que j'ai laissé ma pèlerine dans la boutique !

— Voulez-vous une lumière ? demanda la mégère.

Mais elle était impotente et ne remuait pas vite. Quand elle fut parvenue à rallumer sa méchante lampe, le jeune Maulain avait déjà revêtu sa longue pèlerine des Vosges, et il tenait l'engin précieusement caché sous ses plis. Basilikoff payait les consommations pendant ce temps-là.

Ils sortirent ensemble dans la ruelle, dont l'atmosphère glacée les saisit, et, pressant le pas, ils gagnèrent en hâte l'extrémité de la rue des Prévôts. Cette rue était longue, environ trois cents mètres séparaient la maison des Sonnoy de l'extrémité Est, où se trouvaient les criminels.

Basilikoff arrêta son camarade, et, après avoir examiné avec précaution les alentours, il lui dit à voix basse :

— Tu sais que le mouvement de la machine doit se déclancher exactement à minuit quinze. Voilà minuit qui sonne au beffroi de l'Hôtel de Ville. Tu as le temps de poser tranquillement la boîte contre la porte cochère de la maison. Cette porte est dans un renfoncement. L'explosion fera crouler la voûte, et si toute la maison n'est pas démolie du même coup, c'est que le diable s'en sera mêlé.

En achevant ces paroles, le Russe eut un petit rire, véritablement infernal.

L'autre, impatienté, répliqua nerveusement :

— Je sais, je sais, j'ai compris, laisse-moi.

Mais Fédor le retenait par le pan de sa pèlerine.

— Un mot encore : prends bien garde, en posant la boîte, de l'appuyer *exactement* contre le bois de la porte !

Philippe Maulain se dégagea d'un mouvement violent :

— Comme si je ne connaissais pas la théorie des explosifs !

— Ainsi ces misérables raisonnaient froidement du crime qu'ils allaient accomplir. L'impiété, l'orgueil, une science incomplète et incomprise avaient ramené à la sauvagerie ces produits dévoyés d'une civilisation à outrance.

Dans le silence absolu de la grande rue endormie, Philippe Maulain s'avançait. Il marchait vite, trop vite, pressé d'en finir. D'autres fanatiques jettent des bombes sur le passage des chefs d'Etat, ou bien dans l'enceinte des assemblées législatives, sous le vain prétexte de rénovation gouvernementale ; mais le libre penseur qu'était Philippe Maulain allait faire sauter un simple particulier, parce qu'il incarnait à ses yeux tous les principes de la religion abhorrée du Christ.

Dans son exaltation farouche, pas une seconde l'anarchiste ne se demanda pourquoi son camarade ne l'accompagnait point. Basilikoff l'avait lâché, s'était dérobé par une rue transversale. L'exécuteur était seul, bien seul, pour accomplir son forfait, devant l'œil inexorable du Juge auquel il ne pensait pas.

Déjà il distinguait, au travers du brouillard nocturne, cette vaste maison paisible qu'il allait annihiler avec une pincée de poudre. Il touchait au but.

Mais le dégénéré avait trop présumé de ses forces. Un éblouissement l'étourdit soudain, un spasme nerveux le secoua, ses doigts crispés sur l'engin se détendirent, et tandis que la bombe roulait au milieu de la rue, lui-même s'abattait comme une masse, les bras étendus, sur le trottoir.

Alors une détonation épouvantable retentit. Toutes les vitres de la rue éclatèrent. Les portes des maisons s'ouvrirent, des gens, à demi vêtus, accoururent.

On trouva la chaussée défoncée jusqu'aux égouts, et, sous des monceaux de débris, le corps pantelant et déchiqueté d'un jeune homme.

Vingt cris, cinquante cris partirent à la fois.

— Un jeteur de bombes !

— Il s'est tué lui-même !

— C'est bien fait !

— Ah ! quelles blessures horribles !

— Mais il respire encore !

Une voix nette, dominant le tumulte, demanda :

— Quel est cet homme ?

C'était Jacques Sonnoy qui parlait.

Les voisins, tremblants et surexcités, répondirent :

— Nous ne le savons pas ; il n'est pas du quartier, Dieu merci !

— Peu importe son identité ! D'ailleurs, continua le chef d'usine, s'il n'est pas mort, qu'on le transporte chez moi :

Ce fut un *tolle* d'indignation dans la rue.

— Un anarchiste ! un assassin ! Qu'on le jette dans le canal, plutôt ! Il a voulu nous faire périr tous !

— Pardon, mes amis, répliqua Jacques Sonnoy d'un ton très ferme, j'ai lieu de croire que cette bombe m'était spécialement destinée, et c'est pourquoi je tiens à m'assurer de l'auteur de l'attentat.

Une stupeur accueillit ces paroles. On ne protesta plus.

Déjà deux hommes au service de Jacques s'avançaient, portant un matelas ; d'autres, de bonne volonté, se présentèrent. Et le criminel agonisant fut emporté dans la maison qu'il avait voulu détruire et qui avait si peu souffert des résultats avortés de sa machine infernale.

Pendant ce temps-là, son complice, Fédor Basilikoff, se dirigeait avec rapidité vers la ruelle du Cœur-Volant. Comme sa montre était parfaitement réglée et qu'il avait supputé exactement la minute précise de l'explosion, l'imprévu de la détonation l'épouvanta. Il demeura un instant cloué sur place, écoutant, ne comprenant pas. Il tira sa montre, vérifia l'heure. Comment, pourquoi cette bombe avait-elle éclaté sept minutes avant le moment fixé ? Cet imbécile de Philippe Maulain l'aurait donc laissée choir en route ? Une terreur folle coupa les jambes au nihiliste. Il crut tomber, lui aussi, défaillir sottement au milieu de tous ces bourgeois et boutiquiers réveillés en sursaut, qui s'interpellaient d'une maison à l'autre.

— Avez-vous entendu ?

— Ce doit être une explosion de gaz !

— On dit que c'est dans la rue des Prévôts.

— Y a-t-il des victimes ?

A ce moment, l'ancien forçat entendit quelqu'un courir derrière lui à toute allure. Ses cheveux se dressèrent sur sa tête, ses mains tremblantes agrippèrent, dans sa poche, le manche de son poignard.

Mais ce n'était qu'un garçon boulanger, hors d'haleine, criant :

— C'est un attentat ! Je vais chercher la police !

Une femme, se projetant par la fenêtre, demanda d'une voix perçante :

— Sait-on qui a fait le coup ?

Déjà loin, le garçon boulanger se retourna pour lancer l'information sensationnelle :

— L'homme est pris, et s'il n'est pas crevé encore il n'en vaut guère mieux !

Fédor Basilikoff ne voulut pas en entendre davantage. Il

se jeta dans la première rue adjacente et fila le plus rapidemmnt possible, sans courir toutefois, par crainte d'attirer l'attention publique, car toute cette partie de la ville était en rumeur maintenant.

Son cerveau bourdonnait, ses idées se heurtaient confusément dans sa tête, et, au-dessus du dépit, du désespoir, de la peur, dans son âme abjecte, un sentiment montait, submergeant tous les autres : une rage folle contre l'homme qu'il avait envoyé lui-même à la mort.

Telle était sa fureur qu'il se surprit à dire :

— Le traître ! le vendu ! Rater une pareille occasion !

Mais, au ton de sa propre voix, il tressaillit, comme le lièvre de la fable devant son ombre.

Heureusement pour lui qu'à ce moment-là il traversait la Grand'Place, à peu près déserte, et qu'il allait s'engager dans le vieux quartier, le quartier pauvre, trop éloigné de la rue des Prévôts pour que le fracas de l'explosion y eût causé beaucoup d'alarmes.

Cinq cents mètres à peine séparaient Basilikoff de son logis d'emprunt: il se ressaisit à temps, réfléchit vite. Dans les situations désespérées, les coquins, comme les héros, doivent prendre rapidement leur parti. Le nihiliste résolut de mettre au plus tôt la frontière belge entre la police de Blanche-Croix et sa précieuse personne. Ce n'était pas loin. Il connaissait bien un sentier, au travers d'un petit bois, par lequel souvent il avait introduit du tabac de contrebande. A Bruxelles, il trouverait du secours. Peut-être passerait-il en Angleterre. Bah ! la vie n'était pas terminée pour lui. Est-ce que Philippe Maulain avait été sa première dupe ? Il en trouverait encore bien d'autres !

Essayant de se rassurer ainsi lui-même, Fédor gagna l'immeuble où trônait la Chouette, poussa la porte basse et frotta une allumette pour monter l'escalier sans bruit. Quand il fut arrivé au deuxième étage, il prit d'infinies précautions pour introduire sa clé dans la serrure. Il ne voulait pas que personne pût l'entendre.

Dans la première pièce, il alluma une bougie, qu'il porta

dans la seconde. Là il ne s'arrêta pas à contempler les outils épars, témoignant de la besogne à laquelle il s'était livré la veille. Non. Sans une pensée pour le malheureux qui expiait là-bas leur forfait commun, il fouilla cyniquement les meubles, que l'*autre* avait eu la sottise de partager avec lui. Tout lui fut de bonne prise : l'argent, quelques menus bijoux, des livres de chimie, un peu de linge, voire les souliers neufs de Philippe Maulain. Il jeta ces différents objets pêle-mêle dans un sac et le sac sur son dos. Mais, avant de se mettre en route et pour se donner du courage apparemment, il se saisit d'une bouteille de kummel et en avala d'un trait une lampée terrible.

Après quoi, satisfait, il souffla la bougie et redescendit l'escalier, mais sans refermer aucune porte.

Sur le trottoir, il s'orienta une minute. Tout paraissait calme. Secouant la poussière de ses pieds, il tourna sur la gauche, vers l'extrémité de la ville, et disparut dans la nuit.

## VII

En faisant relever l'anarchiste mortellement blessé par sa propre bombe, Jacques Sonnoy ne douta pas un instant que cet inconnu ne fût l'auteur de la lettre anonyme reçue le jour précédent.

Néanmoins, et malgré son indignation légitime pour un si odieux attentat, le jeune chef d'usine mit tout en œuvre pour adoucir moralement et matériellement les derniers moments du misérable.

Et, d'abord, il fit chercher le premier vicaire de la paroisse, l'abbé Liétard, homme énergique et intelligent, que les ouvriers avaient surnommé entre eux « le convertisseur ». Un médecin catholique demeurait à deux pas, le Dr Bruay. Jacques le conjura de tenter l'impossible pour ranimer le mourant, ne fût-ce que deux ou trois minutes, juste le temps de se reconnaître et de demander pardon au bon Dieu. Mais le médecin secoua la tête.

Comme on craignait de faire passer le malheureux en le remuant, on l'avait déposé simplement sur une pile de matelas, dans une pièce du rez-de-chaussée ouvrant sur la cour, et servant habituellement de salle à manger aux domestiques. Sur la rue, les fenêtres étaient brisées et les appartements inhabitables par cette froide nuit d'hiver. Par crainte d'une rupture dans les conduites ou les fils, on n'avait pu allumer ni le gaz ni l'électricité, et deux lampes à pétrole éclairaient seules la scène.

Mme Sonnoy, la grand'mère, malgré ses infirmités et son âge, avait voulu descendre, et, tremblante encore, son chapelet entre les doigts, elle regardait, assise dans un fauteuil. Jacques, agenouillé près de l'homme, épiait anxieusement une lueur de connaissance et de raison sur les traits contractés et durs. En face de lui, le Dr Bruay tâtait les membres broyés et fronçait les sourcils.

L'abbé Liétard arriva. Se débarrassant vivement de son manteau, il s'approcha du mourant et demanda :

— Vit-il encore?

— Oh ! si peu, répondit le médecin.

— Essayez quelque chose, Bruay, pour l'amour de Dieu ! supplia Jacques.

— Je vais tenter des piqûres.

— Mais d'où sort cet homme? Qui est-ce qui le connaît? poursuivait le prêtre dont les regards ardents dévoraient le visage livide et cruel du moribond. S'il a des parents, tout scélérats qu'ils puissent être, ne conviendrait-il pas de les appeler?

— Ses vêtements sont en lambeaux, observa un domestique, impossible de retrouver seulement la place de ses poches.

L'homme, en parlant ainsi, secouait les guenilles sanglantes dont on venait de dépouiller si laborieusement l'inconnu. Quelques débris de papiers s'en échappèrent. L'abbé Liétard se précipita, ramassa un fragment d'enveloppe de lettre et lut à haute voix le seul mot resté lisible :

— Maulain.....

Le médecin se retourna, surpris.

— Maulain, dites-vous? Je connais ça ; c'est le nom d'une étudiante en médecine dont Ragot fait grand cas. Aurait-elle un frère, et ce frère serait-il un anarchiste ? Je l'ignore !

Mais le commissaire de police étant arrivé sur les entrefaites, tandis qu'on lui montrait le fragment d'enveloppe :

— Ah ! ça ne m'étonne pas ! s'écria-t-il. Ce Maulain nous était signalé pour une espèce de fou furieux ! Mais il doit avoir un complice, un Russe, en rupture de bagne, un nihiliste de profession, rédacteur politique au *Réveil des Parias*.

— Celui-là court encore, sans doute ! observa l'abbé Liétard.

— Sans doute. Mais je n'en suis pas moins obligé d'opérer une perquisition immédiate dans le domicile de ces gredins.

Déjà il regagnait la porte. Jacques Sonnoy l'arrêta au passage.

— Voulez-vous me permettre de vous accompagner? dit-il. Ce malheureux est en bonnes mains, et je pense que sa sœur aura un triste réveil en apprenant la vérité.

— Connaîtriez-vous sa sœur ? s'écria le commissaire.

— Non, je ne l'ai jamais vue, et il y a cinq minutes j'ignorais même son existence.

Le commissaire le regarda, un étonnement au fond des yeux :

— Acte de charité chrétienne, alors ? Ça vous ressemble bien, Monsieur Jacques !

Germaine Maulain dormait, complètement ignorante des événements qui bouleversaient la moitié de la ville.

Un bruit de pas et de voix inusité dans la première pièce de son logement la réveilla. D'abord, elle crut que son frère avait ramené quelques camarades avec lui. Mais c'était chose rare. Philippe avait peu de relations. Elle écouta. Le diapason des conversations montait. Une phrase lui arriva, distincte :

— Fouillez partout ! Mais doucement, prenez garde !

Seraient-ce des cambrioleurs ? Instinctivement, la jeune fille décrocha le minuscule revolver suspendu à son chevet.

Au même moment, on frappait à sa porte. . . .

Elle se jeta en bas de son lit, et, sans ouvrir, lança la question sacrée :

— Qui est là ?

— Le commissaire de police du quartier Sud. Affaire urgente.

Elle hésitait à se montrer. Les malfaiteurs ont tant de trucs ! Mais la voix de sa propriétaire, la Chouette, glapissant tout à coup, la convainquit :

— Mam'zelle Germaine, dépêchez-vous, c'est pressant !

Inquiète alors, elle passa promptement sa robe de chambre, alluma une bougie et déverrouilla sa porte.

— Qu'y a-t-il donc ? demanda-t-elle. Où est mon frère ?

— Chez moi, Mademoiselle, répondit une voix grave qu'elle n'avait jamais entendue.

Elle leva ses yeux effarés et devina un homme jeune, grand et beau, qui s'adressait à elle avec la plus déférente politesse.

— Il est arrivé un accident à votre frère, dans la rue, devant ma porte. Je l'ai fait transporter dans ma maison. Les médecins sont près de lui. Mais vous-même, je le crois, Mademoiselle, étudiez la médecine ? Voulez-vous venir le voir ?

Troublée au delà de toute expression, elle répondit machinalement :

— C'est bien, j'y vais, laissez-moi le temps de m'habiller.

Elle rentra dans sa chambre. Ses mains tremblaient si fort qu'elle ne pouvait pas agrafer ses vêtements.

Ce n'était pas qu'elle eût pour son frère une affection particulièrement tendre, mais les liens du sang se resserrent aux heures tragiques de l'existence. Et puis, dans cet étrange envahissement de sa demeure, à 1 heure du matin, elle pressentait un mystère sur la nature duquel, malgré son énergie, elle n'osait pas s'interroger.

S'efforçant de reprendre possession d'elle-même, dès qu'elle reparut elle demanda :

— Pourquoi le commissaire et ses agents sont-ils ici ?

L'homme qui avait déjà parlé répondit doucement :

Ils cherchaient l'ami de votre frère, le Russe qui habitait avec lui.

— Fédor Basilikoff !

Et tout à coup une idée surgissant dans le cerveau de la jeune fille, elle poussa un cri :

— Est-ce qu'il aurait assassiné mon frère ?

Les assistants se regardèrent, embarrassés.

Le commissaire dit tout net :

— Nous n'en savons rien !

Germaine gagna l'escalier, descendit en courant et ne respira que dans la rue, où l'air froid lui donna un salutaire soufflet.

Alors seulement elle s'aperçut qu'elle était partie sans savoir où elle devait aller. Mais le grand jeune homme inconnu la suivait, et maintenant il lui montrait le chemin.

— Par ici, Mademoiselle, il faut que nous traversions la Grand'Place.

D'abord, ni l'un ni l'autre ne parlèrent. Germaine ne *voulait* pas parler. Il lui semblait qu'elle saurait toujours assez tôt. Elle avait peur, peur d'avancer vers la chose horrible qui l'attendait. Pourtant, elle marchait vite, inconsciemment, poussée par une force qu'elle ne comprenait pas. Une angoisse inexprimable lui étreignait le cœur. Si elle avait su prier, à ce moment-là, elle eût prié de toute son âme. Hélas ! pour elle, pauvre fille, le ciel était vide.

Cependant, son compagnon de route, préoccupé de son mutisme, commençait à l'interroger obligeamment sur sa famille :

Son père n'avait-il pas été officier ? Depuis combien de temps sa mère était-elle morte ? N'avait-elle pas d'autre parent que son frère ?

Elle répondait laconiquement, d'une voix monotone et sans timbre.

Mais une animation inaccoutumée dans les rues, à pareille heure, attira bientôt l'attention de l'étudiante, en même temps qu'une singulière odeur de brûlé venait saisir son odorat.

— Donnez-moi le bras, lui dit tout à coup son guide.

— Pourquoi faire ?

— Pour traverser cette foule.

Elle regarda devant elle et s'aperçut alors, pour la première fois, que les réverbères étaient éteints ; mais on y voyait encore suffisamment pour distinguer une populace énorme qui s'écrasait dans la pénombre. Des gendarmes à pied faisaient circuler les curieux, car c'étaient bien des curieux, et il y avait là, évidemment, un spectacle extraordinaire à contempler.

Germaine Maulain observa que son guide cherchait à lui faire longer les maisons, afin qu'elle passât inaperçue, sans doute. Mais la presse devint si compacte qu'il fallut jouer des coudes pour s'ouvrir un chemin. Germaine sentit des regards hostiles s'arrêter sur elle, et un murmure confus atteignit son oreille :

— C'est sa sœur, c'est la sœur de l'anarchiste !

Sans le bras de fer qui la soutenait, la jeune fille serait tombée sur place.

A cet endroit même, un barrage de troupes maintenait libre un grand espace découvert, au milieu duquel une petite fumée âcre s'élevait d'un trou béant.

Le conducteur de Mlle Maulain appela un sous-officier et lui dit deux mots à l'oreille.

L'autre répondit tout haut :

— Passez, Monsieur, passez, c'est votre droit !

Et les soldats s'écartèrent.

A partir de ce moment-là, l'étudiante ne se rendit plus compte de rien, jusqu'à ce qu'elle se trouvât en présence d'un spectre grimaçant, étendu sur des matelas, et autour duquel s'agitaient plusieurs figures familières de médecins.

Droite, rigide, les yeux fixes, les mains nouées devant elle, Germaine Maulain regardait avec horreur. C'était ça, son frère ! Ainsi finissait le dernier de ses proches ! Elle n'avait pas besoin d'explications. Elle comprenait assez le drame : Philippe avait voulu jeter une bombe ; la bombe, en éclatant, l'avait tué. Son frère expirait dans la boue et dans le sang, heureux encore d'échapper par la mort aux assises ! Elle frissonna.

Une voix connue lui dit doucement :

— Vous voyez bien vous-même qu'il n'y a plus rien à faire, ma pauvre fille !

L'étudiante leva les yeux, aperçut le médecin-chef de l'hôpital, Wavrin.

Elle ne put pas répondre.

Wavrin, qui était grand-père, lui passa la main sur l'épaule et répéta :

— Ma pauvre fille !

Bruay, en tablier blanc, les manches retroussées jusqu'aux coudes, lui fit un petit signe d'amitié.

Le troisième docteur, Smith, agenouillé près de l'agonisant, épiait anxieusement son visage. Il dit soudain :

— Ses paupières papillotent !

Les autres médecins se rapprochèrent vivement.

— Ah ! le voilà qui ouvre les yeux !

Cela fit une petite rumeur.

Alors, à son grand étonnement, Germaine vit le jeune homme qui l'avait amenée là repousser le Dr Smith et s'agenouiller à sa place, aux côtés de l'anarchiste. Penché sur les yeux vitreux, il se mit à parler très bas, mais si distinctement que Germaine entendait vibrer chacune de ses paroles.

— M'entendez-vous, Maulain ? C'est moi, Jacques Sonnoy, celui que vous avez voulu tuer ! Mon divin Maître m'a donné l'exemple en pardonnant à ses bourreaux. Moi aussi, je vous pardonne de tout mon cœur. Mais Celui qui va vous juger ne vous pardonnera pas sans repentir. Le ministre du Dieu de miséricorde est là. Ecoutez-le, je vous en supplie !

Ayant achevé ces paroles avec une ferveur qui confondit l'étudiante, Jacques Sonnoy se releva et fit signe aux médecins de s'écarter.

Germaine, d'instinct, se recula aussi et demeura collée contre le mur, n'en pouvant croire ses yeux : un prêtre bénissait son frère ! Mais, en dépit de sa totale indifférence en matière de religion, cela ne lui parut ni choquant ni ridicule, et il lui sembla, au contraire, que ce ministre du culte arrivait à son heure et se trouvait bien à sa place pour remplir son rôle, sur cette scène tragique, comme consolateur suprême du dernier des misérables. Cinq minutes plus tard, Jacques Sonnoy lui-même fermait les yeux de son assassin.

Germaine vit le geste, et, comprenant que tout était fini, elle vint s'agenouiller à son tour près de son frère. Elle ne pria pas, ne sachant plus prier. Mais, d'un mouvement machinal, réminiscence d'un lointain atavisme, elle prit la branche de buis qui trempait dans une coupe et jeta de l'eau bénite sur le corps mutilé du mécréant. A peine se rendit-elle compte de ses actes. La tête lui tournait, une sorte de vertige emportait sa pensée.

Les médecins, la regardant, chuchotaient. Soudain, Bruay la releva, Wavrin lui présenta un verre de liqueur, en lui ordonnant de boire. Elle se défendait. Il lui dit :

— Je le veux, vous ne tenez plus debout !

Elle céda, but et s'assit un instant, brisée.

En ce moment, la vieille Mme Sonnoy s'approcha d'elle et, avec beaucoup de bienveillance, lui offrit d'achever la veillée là, si elle le désirait, ajoutant qu'une chambre serait mise à sa disposition pour s'y reposer. Mais elle refusa, laissant, pour la première fois, entrevoir ses sentiments. Elle répondit à la grand'mère de Jacques :

— Ne m'accablez pas, Madame, je suis déjà bien assez écrasée de honte. Votre générosité et celle de Monsieur votre fils me surpassent. Non, non, ma place n'est pas ici ! Je me demande même comment vous ne jetez pas à la rue le cadavre du monstre que j'avais pour frère !

La pauvre mère Sonnoy, désolée, lui tendit les deux mains, mais la jeune fille ne voulut pas les prendre et marcha vers la porte.

Alors Wavrin courut après elle, et, l'arrêtant rudement, lui cria dans l'oreille :

— Pas de bêtises, hein ? Je n'aime pas cette exaltation-là, et, de la part d'une fille si posée d'ordinaire, ça m'effraye. Vous avez du bromure chez vous ? Prenez-en, oubliez tout, dormez, et venez me parler demain, je *le veux*, nous causerons. C'est compris ?

— Oui, maître, parfaitement !

— Attendez Smith. Il va vous reconduire, il ne faut pas que vous retourniez seule chez vous.

Habituée à obéir à ses professeurs, elle se soumit, pour la forme.

Mais sa résolution était prise : elle allait disparaître à tout jamais de Blanche-Croix. Sa fierté venait de subir une trop cruelle atteinte. Fille et petite-fille de soldats, l'honneur demeurait encore sa religion, la seule dont elle eût conservé le culte. Malgré les ignobles tentations de la misère, et en dépit de ses instincts arrivistes, Germaine Maulain aurait su garder une dignité d'existence qui lui rendait atroce la déchéance finale de sa race. En somme, ce n'était pas la mort de son frère, en elle-même, qui la désespérait, mais les circonstances de cette mort. Le nom qu'elle portait, obscur la veille, mais encore avouable, venait de prendre tout à coup une notoriété sinistre. Elle ne pourrait plus, sous ce nom, se présenter nulle part sans être montrée au doigt. Les gens s'éloigneraient d'elle comme d'une pestiférée. Elle, qui avait rêvé d'entourer ce nom d'une auréole de gloire ! Finis, les rêves, et de quelle cruelle façon !

L'idée seule de reparaître à l'amphithéâtre, à la clinique, à l'hôpital, lui faisait monter le rouge de la honte au visage, dans les rues glaciales où Smith l'entraînait rapidement.

Arrivée à sa porte, elle la trouva gardée par deux agents de police. Le docteur demanda si Basilikoff était revenu. On lui répondit que non.

— Tant mieux ! s'écria-t-il.

Et il ajouta, s'adressant à Germaine :

— Allez, mon enfant, reposez-vous bien et ne vous tracassez pas trop ; vos amis ne vous abandonneront pas.

Il lui serra la main et la quitta, vaguement inquiet.

— J'aurais voulu la voir pleurer, se disait-il ; une femme qui ne pleure jamais me déroute !

Cependant, Germaine Maulain, en se retrouvant seule dans son logis dévasté et désert, éprouva tout d'abord un affreux sentiment d'abandon. En ce moment-là, elle fut presque tentée de regretter son frère, qui, pour morose et désagréable qu'il fût, lui donnait tout au moins l'impression d'une famille.

Mais elle sourit de pitié sur sa faiblesse. Elle se dit :

— Ce n'est que le commencement ; il faudra bien que je m'accoutume à la solitude, puisque je suis destinée à vivre en solitaire jusqu'au dernier de mes jours !

La vue de la chambre que son frère avait partagée avec le forçat russe lui était odieuse. Elle se retira dans la sienne et s'y enferma.

Ayant allumé toutes les lumières dont elle disposait, elle se mit à ranger ses papiers, les tria, en brûla quelques-uns, plaça les autres dans sa malle, avec son linge et ses effets.

Quand elle eut terminé sa besogne, elle se jeta sur son lit ; mais elle ne put dormir, en dépit du bromure, et se débattit jusqu'à l'aube contre son imagination troublée, revoyant, en une hallucination morbide, le spectre hideux de son frère, l'image saisissante du prêtre, surtout la figure, énigmatique pour elle, de cet homme extraordinaire qu'on appelait Jacques Sonnoy.

## X

Il avait été convenu entre Jacques, les médecins et la police que la dépouille du criminel serait transportée au petit jour à l'hôpital, afin que son enterrement pût se faire en catimini et ne provoquer aucun esclandre.

Mais quand il s'agit de procéder à la cérémonie sommaire, Wavrin observa que la sœur de l'anarchiste souhaiterait peut-être d'y assister et qu'il fallait l'en avertir.

On envoya donc une infirmière chercher Germaine Maulain. Cette fille trouva porte close au logis de l'étudiante. Elle descendit au premier étage, elle entendit du bruit et frappa. Une jeune femme, qui habillait un enfant, lui ouvrit ; mais, informée du motif de sa visite, elle lui déclara qu'elle ignorait absolument où pouvait être sa voisine.

— Voyez au rez-de-chaussée, dit cette jeune femme, demandez à la propriétaire, peut-être sait-elle quelque chose.

La Chouette fut longue à paraître. Elle examina curieusement la visiteuse, dont aucun signe extérieur ne révélait l'identité, et répliqua qu'elle ne savait rien de sa locataire.

— Peut-être bien qu'elle s'est ensauvée, ou des fois qu'elle se serait détruite !

Cete dernière supposition était venue aussi à l'esprit de l'infirmière. Elle rentra précipitamment à l'hôpital et fit part de ses craintes au médecin-chef.

Wavrin ne croyait pas l'étudiante capable d'un pareil acte de lâcheté morale. Cependant, il expédia aussitôt un interne à la police pour demander un agent, afin de faire enfoncer légalement la porte du domicile de l'introuvable.

Quand la Chouette vit arriver l'agent, accompagné d'un serrurier, elle jeta les hauts cris, suppliant qu'on ne démolît pas son « pauvre immeuble », et finalement produisit une clé et offrit d'ouvrir elle-même la porte du logement à la police.

L'agent regarda l'interne et lui dit :

— Ça me paraît louche, la vieille doit savoir quelque chose.

Il essaya d'interroger la Chouette au sujet de la possession de cette clé. Elle répondit d'un ton pleurard :

— Faut bien l'avoir en double. Des fois qu'on est si trompé par le monde !

Et, profitant de l'occasion propice, elle se répandit en lamentations sur le désagrément que lui attiraient ses locataires.

— Des jeunes gens qui paraissaient si gentils, Monsieur ! Est-ce que je pouvais deviner ? Ah ! c'est un grand malheur pour moi !

Dans les trois chambres, on ne trouva rien d'anormal, rien ne pouvait témoigner d'une décision précise de la dernière occupante. Le lit était proprement fait, quelques vêtements restaient accrochés dans le placard. Pas de désordre, aucun préparatif de fuite.

— Cette demoiselle est peut-être allée aux provisions, tout simplement, suggéra le serrurier.

Mais la Chouette secoua la tête et larmoya :

— M'est avis qu'elle s'est fichue à l'eau !

Sur quoi, l'interne et l'agent se consultèrent et se séparèrent en hâte pour aller rendre compte à leurs supérieurs du résultat négatif de leur mission.

S'étant ainsi débarrassée de ses visiteurs importuns, la Chouette se retira dans sa boutique et se mit à rire toute seule, en se bourrant le nez de tabac. Elle savait parfaitement à quoi s'en tenir sur la disparition de sa locataire. Germaine Maulain n'était-elle pas venue, dès patron-minet, la prier de garder sa malle jusqu'à nouvel ordre, et la malle ne reposait-elle pas là, bien tranquillement, sous ce vieux châle, entre l' « ormoire » de noyer et l'antique huche à pain hors d'usage ? Parbleu ! si elle avait filé, cette jeunesse, après l'histoire de la nuit, c'était pas étonnant ! Bien sûr qu'elle s'en allait rejoindre quelque part le Russe, pour se marier avec lui, dans une place où on ne les « embêterait » pas !

Tel était le roman qu'improvisait la Chouette, et elle trouvait cela tout naturel.

Cependant, Germaine Maulain, fiévreuse et frissonnante, prenait hâtivement la direction de la frontière belge. Comme Fédor Basilikoff, mais pour des motifs très différents, elle n'avait voulu ni prendre le train ni se servir du car à vapeur. Si quelqu'un l'avait reconnue ! Pour rien au monde elle n'eût risqué d'entendre à nouveau la phrase meurtrière de la nuit :

— C'est la sœur de l'anarchiste !

Ramenant frileusement les plis de sa longue mante, tête basse, elle allait à l'aventure, sous les rafales du vent violent qui balayait la plaine. Par cette froide matinée de novembre, il n'y avait personne dans les champs. Sur la gauche, une ligne indéfinie de peupliers maigres, barrant l'horizon brumeux, indiquait le passage du canal ; sur la droite, les constructions d'une grande ferme s'estompaient dans le lointain. Devant elle, quelques boqueteaux épars. C'était là cette frontière qui devait la séparer à tout jamais de Blanche-Croix.

Pour éviter la curiosité publique, même à l'étranger, elle toujours si soigneuse de sa tenue, elle s'était attifée en pauvresse. Elle portait un tablier bleu, de mauvais souliers, pas de chapeau, rien qu'une mante, fort ancienne, dont le capuchon, rabattu sur la figure, empêchait de distinguer la finesse de ses traits. Elle se donnerait, en route, pour une ouvrière allant regagner une fabrique de Bruxelles, après un petit voyage dans sa famille.

Comme Fédor Basilikoff, toujours, c'était à Bruxelles qu'elle prétendait se rendre. Non qu'elle se fût concertée avec ce misérable ou qu'elle eût le moindre désir de retrouver sa trace. Oh ! non ! Mais elle s'imaginait pouvoir se perdre plus aisément parmi la foule, dans une ville aussi populeuse, et puis là, sans doute, elle serait plus à même que partout ailleurs de se procurer un emploi quelconque. D'après ses calculs, elle avait assez d'argent sur elle pour vivre environ six semaines, très économiquement. Dans cet espace de temps, elle saurait bien se caser d'une manière ou d'une autre. Elle ne savait pas encore comment, elle verrait. Une migraine atroce, qui lui martelait la tête, l'empêchait de penser.

Au bout d'une heure et demie de marche environ, elle atteignit les bois, passa la frontière sans s'en apercevoir et se trouva tout à coup de l'autre côté, à l'entrée d'un joli petit village enfoui dans la verdure.

Le vent devenait intolérable, les gens devaient se tenir bien chaudement chez eux. De toutes les maisonnettes, des fumées s'échappaient, que rabattait furieusement la tempête. Pourtant, quelques femmes, qui menaient leurs bêtes à l'abreuvoir, se retournèrent pour voir passer l'inconnue et la regardèrent d'un mauvais œil, la prenant sans doute pour une rôdeuse de grand chemin..... Malgré sa fatigue, la fugitive pressa le pas.

Une route pavée se présentait de biais à l'extrémité du village, se dirigeant au Nord.

Germaine Maulain s'approcha du poteau indicateur et lut :

« Saint-Jude, 7 kilomètres. »

— Voilà mon affaire ! pensa-t-elle. Je puis bien marcher encore jusque-là. Saint-Jude est une cité manufacturière, où l'on ne s'inquiétera pas d'une vagabonde de plus ou de moins. J'y prendrai le premier train en partance.

Elle marcha donc encore bravement pendant deux heures. Maintenant, outre sa tête, ses pieds la faisaient affreusement souffrir. Ses vieux souliers se déchiraient. Il lui semblait marcher pieds nus, et sur des charbons ardents. Aussi son allure se ralentissait-elle à vue d'œil.

Un charretier qui la dépassa, conduisant une lourde voiture de briques, la voyant si éclopée, lui proposa de monter près de lui, sur son siège ; mais, quoique l'homme eût l'air honnête et paisible, elle refusa, disant que la voiture lui faisait mal au cœur.

Néanmoins, elle tremblait de tomber avant d'arriver au but. Au dernier kilomètre, elle se traînait littéralement, mais les cheminées d'usine qu'elle voyait grandir devant elle, à chaque pas, soutenaient son courage, devenu aussi chancelant que sa personne.

Quand Germaine Maulain atteignit enfin les premières maisons du faubourg, midi sonnait à tous les clochers de la ville. Elle se souvint tout à coup qu'elle n'avait rien mangé depuis la veille, qu'elle n'avait rien avalé depuis le verre de liqueur imposé par Wavrin dans la maison de Jacques Sonnoy ! Rougissant à ce souvenir, elle chercha des yeux un endroit où elle pût trouver quelque chose à manger, non que les « estaminets » ou les « restaurations » manquassent, mais la plupart lui paraissaient vraiment trop mal achalandés.

Une petite auberge, à l'entrée d'une assez vilaine rue adjacente, lui sembla plus tranquille que les autres. Elle entra et demanda de la soupe verte et de la bière, sûre que ces deux produits de la Flandre lui seraient présentés immédiatement. La patronne, une grosse commère d'une cinquantaine d'années, la servit, en effet, tout de suite.

La malheureuse fille, qui défaillait d'inanition, se reput d'abord comme une bête, sans plus songer à rien qu'à satisfaire son appétit ; mais, quand elle fut rassasiée et qu'elle eut terminé son modeste repas par une tasse de café brûlant, de nouvelles appréhensions l'assaillirent. Elle s'aperçut qu'on la regardait beaucoup, ne se doutant pas que sa beauté tragique en était la seule cause. Des journaux traînaient sur une table auprès d'elle. De loin, elle crut lire : *Horrible attentat.* Elle ferma les yeux.

Quand elle les rouvrit, un homme était devant elle et la dévisageait froidement. Germaine Maulain étouffa un cri. C'était Fédor Basilikoff. La fascinant du regard, l'hypnotisant pour la faire taire, il dit tout haut :

— Vous ne m'aviez pas vu en entrant ? J'étais là, dans le fond ; je vous attendais, vous êtes en retard au rendez-vous.

Comprenant trop combien, dans la circonstance, leurs intérêts se trouvaient liés, elle répondit :

— Puisque vous voilà, tout est pour le mieux. Asseyez-vous à ma table.

Il s'assit immédiatement et commanda deux verres de genièvre.

Comme elle sentait qu'ils étaient tous les deux le point de mire de l'assistance, Germaine fit un effort surhumain pour maîtriser son indignation et sa colère. Cette rencontre fortuite, désespérante, avec le mauvais génie de son frère, anéantissait tous ses plans. Le forçat, qu'elle avait toujours méprisé, lui faisait désormais horreur. Elle souhaitait tant en être débarrassée à jamais, ne jamais revoir son abjecte figure de fouine ! Et voilà qu'il reparaissait devant elle pour lui barrer la route !

Cependant, il parlait, le misérable, de quoi ? La jeune fille n'en sut jamais rien ; il plaisantait, il osait rire ! Exaspérée au delà de toute expression et ne sachant plus comment réduire le bandit au silence, Germaine se saisit d'un des journaux, et lut et relut avidement le récit de l'attentat. On l'avait agrémenté d'une quantité de détails, faux pour la plupart ; mais il n'y était pas question d'elle, et ce lui fut presque un soulagement dans sa détresse. Fédor, ainsi délaissé, fumait philosophiquement sa pipe.

Au bout d'une demi-heure, se trouvant suffisamment reposée pour endurer la discussion inévitable, Germaine Maulain se leva et dit tout haut :

— Allons à nos affaires !

Fédor Basilikoff se leva aussi, sans un mot, et la suivit dehors.

Elle dit vivement :

— Nous avons à causer. N'y a-t-il pas ici quelque promenade publique, déserte par un temps pareil ?

— Il y a les Allées-Vertes, qui longent le canal, en face des minoteries.

— Va pour les Allées-Vertes !

Elle ne sentait plus la fatigue, elle allongeait l'allure, en dépit de ses pieds saignants. Elle entraînait malgré lui Fédor, qui marmottait d'un ton narquois :

— Nous avons le temps de causer ! Toute la vie devant nous !

— Plutôt la mort immédiate que la vie avec un scélérat de votre sorte ! s'écria-t-elle, révoltée à la fin.

— Chut ! ne criez pas si fort, on pourrait nous entendre !

— Et qu'importe, après tout ? D'ailleurs, c'est le désert par ici, et j'étouffe de vous dire ce que je pense de votre lâcheté !

Le nihiliste haussa les épaules.

— De quoi pouvez-vous m'accuser ? demanda-t-il cyniquement.

— De quoi, misérable ? De la mort de mon frère et du déshonneur de mon nom !

— Voilà de bien grands mots, répondit le forçat, dont les yeux clignotants commençaient à luire d'une mauvaise flamme.

Mais Germaine était trop surexcitée pour y prendre garde.

— Les mots ne sont pas si grands que le mal! rétorqua-t-elle, furieuse. Maudit soit le jour où vous avez rencontré mon frère, où il est tombé, sans défense, entre vos griffes ! Ah ! comme vous avez bien su profiter de ses instincts pervers ! Comme vous l'avez entraîné habilement sur la route criminelle, où vous n'osiez pas marcher seul ! Pourquoi ne l'avez-vous pas jetée vous-même, cette bombe ? ajouta-t-elle en se tournant vers le forçat.

Basilikoff répondit, la voix sourde :

— Parce qu'il voulait tuer de sa main sa bête noire : Jacques Sonnoy !

— Allons donc ! s'écria Germaine, je vais vous le dire, moi ! C'est parce que mon frère avait au moins le courage de ses opinions, et que vous, Fédor, vous n'êtes qu'un lâche et un traître !

A ces paroles insultantes, Basilikoff saisit les deux poignets de la jeune fille, et, les serrant à les casser, il lui jeta au visage :

— Taisez-vous, malheureuse, ou je n'aurai pas besoin d'une bombe pour vous envoyer rejoindre votre frère dans l'autre monde !

Germaine Maulain se redressa. Toute son exaltation était tombée.

— Je n'ai pas peur ! prononça-t-elle froidement. Vous avez brisé la carrière que je comptais suivre honorablement, dans mon pays. J'en serai réduite demain à la mendicité. Pensez-vous que je tienne éperdument à l'existence ?

Fédor Basilikoff ricana :

— Une jolie fille trouve toujours un mari !

— Surtout quand elle n'a pas d'état-civil ! répondit amèrement l'étudiante.

— Oh ! il y a des gens que ça ne trouble pas ! Moi, par exemple !

Se détournant avec dégoût, elle dit sèchement :

— Trêve de plaisanteries stupides ! Il s'agit d'affaires sérieuses ici. Répondez-moi catégoriquement : quels sont vos projets ?

— Et les vôtres, belle demoiselle ? rétorqua Basilikoff.

— Oh ! moi, c'est bien simple, coupa l'étudiante ; si vous allez à droite, j'irai à gauche, et vice versa.

— Merci du compliment, gronda le Russe. Mais la terre est

ronde, ma petite, et nous finirons toujours par nous rencontrer un jour. Autant nous en aller tranquillement bras dessus bras dessous, tout de suite.

— Jamais ! s'écria-t-elle.

Et comme il se rapprochait sournoisement, elle clama, hors d'elle-même :

— Ne me touchez pas ! Prenez garde, ou je vous dénonce à la police !

Fédor Basilikoff, à ces mots, poussa un rugissement de bête fauve, et, fonçant à l'improviste sur la jeune fille, il lui plongea son couteau dans la poitrine.

Elle tomba, sans un cri.

Le forçat, dégrisé soudain, regarda d'un air ahuri aux alentours. La promenade lui parut déserte. Le vent tombait, avec le jour ; de gros nuages gris roulaient lentement sur le canal, accentuant encore les ténèbres envahissantes.

— On ne trouvera le cadavre que demain, pensa le nihiliste, j'ai le temps de me tirer des pieds.

Et, sur cette pensée consolante, il prit la fuite.

## X

Le Dr Ragot était d'une humeur massacrante. Sa calotte de travers sur son crâne chauve, les sourcils froncés, il bousculait ses élèves, pestait contre ses instruments, qui présentaient tous une défectuosité soudaine ; pour un peu, il eût malmené ses patients.

Virginie Longuet disait, d'un air pincé, à la bonasse Berthe Geoffroy :

— En fait-il des *chichis* pour sa Germaine Maulain, parce que cette demoiselle a pris la poudre d'escampette ! Le beau malheur ! Je veux bien reconnaître qu'elle avait des capacités, mais elle n'est pas la seule au monde, après tout !

Berthe Geoffroy, qui avait le cœur sensible, s'épongeait les yeux et se mouchait bruyamment.

— Pauvre Germaine ! disait-elle, moi, je la regrette, et puis j'ai peur ; des fois qu'elle se serait pendue, rapport à son frère !

— Bête ! si elle s'était pendue, on la retrouverait quelque part !

Ragot, entendant chuchoter, se retourna, furieux :

— Silence dans les rangs, vous autres ! Est-ce que vous êtes ici pour jacasser, tas de pies borgnes ! Allons, ouste ! Vous, Geoffroy, rentrez ce mouchoir, qui m'impatiente ! Vous, Longuet, venez me rouler cette bande maudite, qui ne veut pas tenir !

L'enfant qu'on pansait, un garçonnet d'une dizaine d'années, se mit à pleurer d'épouvante. La mère demanda, d'un air niais :

— Oùs qu'elle est donc, la grande demoiselle qu'est si adroite?

Ragot la foudroya du regard.

— Elle est partie pour la Chine ! répliqua-t-il rageusement.

Quand le dernier malade eut disparu, le grand praticien arracha son tablier, en fit une boule et le lança violemment dans un coin.

— Ça, dit-il, Mesdemoiselles, causons ! J'ai entendu bavarder tout à l'heure. Je ne veux pas de ça. Vous savez toutes parfaitement pourquoi votre compagne n'est pas aujourd'hui parmi vous. Je voudrais bien vous y voir, à sa place, les unes ou les autres! Pensez-vous que ce soit plaisant d'avoir un frère pareil? Si elle en a honte, ça prouve en sa faveur. Taisez-vous, rompez!

Ces demoiselles, qui ne disaient rien et se tenaient immobiles, les yeux baissés, dans leurs longues blouses, baissèrent le nez davantage et s'en allèrent silencieuses, tandis que le professeur enfilait son pardessus et enfonçait son chapeau d'un coup de poing.

Mais il n'avait pas fait quatre pas dans la rue qu'il rencontra sa vieille bonne, effarée.

— Monsieur, c'est le Dr Wavrin qui vous attend chez lui, tout de suite, pour déjeuner. Il a fait dire, comme ça, *chez nous*, que vous n'y manquiez pas !

— C'est bon, c'est bon, Philomène, j'y cours !

— Prenez le « car », suggéra Philomène, vous irez plus vite !

Le car passait justement, le Dr Ragot s'élança.

Dans la voiture, tous les voyageurs lisaient le journal. Des manchettes énormes couvraient la première page :

*Effroyable attentat ! — Un crime abominable ! — Explosion terrible !*

Des gens qui ne s'étaient jamais vus échangeaient en lisant leurs réflexions indignées. Les commentaires allaient leur train. Une femme du peuple, d'aspect minable, se mit à crier que c'était un grand complot, que toute la ville y passerait ; d'abord, elle le savait bien, parce que son homme, qui travaillait aux égouts, avait senti comme une « odeur de dynamite » sous la place du Marché-aux-Porcs.

C'en était trop pour la patience de Ragot. Ecarlate, suffoquant de colère, il commanda d'arrêter au conducteur et redescendit précipitamment dans la rue, au risque de se casser une jambe.

En continuant sa route à pied, il ronchonnait tout seul :

— Tas d'imbéciles ! sont-ils assez satisfaits d'un scandale ! Ces gens-là n'aiment à se repaître que du malheur des autres ! Et l'on dit que l'homme est un animal raisonnable !

Enfin, il arriva chez le médecin-chef de l'hôpital.

Mme Wavrin, femme pieuse et charitable, modèle de toutes les vertus familiales, reçut avec chaleur le vieil ami de son mari.

— Paul tenait absolument à vous voir, lui dit-elle, pour vous communiquer un entrefilet d'un journal belge arrivé ce matin et qui est de nature à vous intéresser, croit-il.

En même temps elle ouvrit une porte. Le Dr Wavrin parut, un journal à la main.

— Lisez, Ragot, dit-il avec émotion.

C'était une correspondance de Saint-Jude.

Ragot lut, d'une voix haletante :

Un passant a découvert hier soir, à la tombée de la nuit, dans les Allées-Vertes, le corps d'une jeune fille pauvrement vêtue, et paraissant privée de vie. Cette malheureuse avait, en effet, au-dessus du sein droit, une blessure profonde dont le sang s'échappait à flots. Transportée immédiatement à l'hôpital, l'inconnue a fini par être rappelée à l'existence, mais il a été impossible, jusqu'ici, d'en obtenir aucun éclaircissement. On a fouillé inutilement dans ses poches pour y découvrir une pièce d'identité quelconque, son linge même avait été soigneusement démarqué. On se perd en conjectures.

Ragot laissa retomber le journal.

— Hein ! qu'en dites-vous, mon cher ? s'écria Wavrin. Ne croyez-vous pas que ce soit *elle* ?

— Je le crains ! répondit sourdement le professeur.

Wavrin lui posa la main sur l'épaule, du geste qui lui était coutumier.

— Mon cher, nous allons déjeuner vivement. Tenez ! voilà Gustave qui vient nous avertir. Il y a un train pour Saint-Jude à 1 h. 42 ; nous le prendrons tous les deux, et nous aurons le cœur net de cette annonce !

Il passa son bras sous celui de son camarade et l'emmena dans la salle à manger. Ragot répétait en marchant, d'un air confondu :

— Ma pauvre Germaine ! Ma pauvre fille sans foi ni loi ! Tant de qualités et si peu de sens commun ! Oh ! les femmes sans religion, quelles malheureuses !

Mme Wavrin, s'asseyant à table, demanda :

— Cette jeune fille était parfaitement convenable, n'est-ce pas, docteur ?

— Autant qu'une femme peut l'être quand elle ne croit à rien. Elle était strictement honnête, et voilà tout. Mais moi, voyez-vous, Madame, je m'y étais attaché parce que je trouvais en elle, comme doctoresse, des qualités absolument exceptionnelles. Il me semblait qu'elle aurait pu devenir si utile à ses semblables ! Du coup d'œil, du sang-froid, de la décision, un merveilleux doigté ! Ah ! quel dommage !

— Elle n'est pas encore morte ! suggéra Wavrin.

Ragot, emporté par son sujet, continuait :

— C'était une âme fermée, trop orgueilleusement têtue pour se livrer à personne ; mais il y a tant de ressources avec les intelligences d'élite ! Il me semblait toujours que j'arriverais à la réduire. Je rêvais la conquête de cet esprit droit et de cette volonté de fer. Je serais mort en paix si j'avais laissé derrière moi pareille élève au service de l'humanité souffrante.

Il soupira douloureusement.

Wavrin, songeur, suggéra :

— Je suppose qu'elle se sera querellée, en cours de fuite, avec ce misérable complice de son frère, ce nihiliste russe que n'a pu retrouver la police !

— Assurément. C'est lui qui a fait le coup.

Mme Wavrin émit plusieurs hypothèses au sujet de Fédor Basilikoff. On discuta ses chances de prise. Un arrêté d'extradition venait d'être signé contre lui.

L'agitation de Ragot avait fait place au plus morne abattement. La description sommaire de la blessure de son élève, donnée par le journal belge, lui faisait trop justement redouter une issue fatale. Germaine Maulain vivait-elle même encore ?

Dans le train qui les emportait vers Saint-Jude, Wavrin, voyant la consternation peinte sur le visage mobile de son compagnon, lui dit :

— Si la blessée des Allées-Vertes se trouvait en péril de mort, ce journal que j'ai dans ma poche n'aurait pas manqué d'en faire part. Vous savez bien que les journalistes cherchent toujours à bouleverser le public. Jamais ils ne sont plus satisfaits qu'en annonçant des catastrophes.

Ragot dut en convenir. Cependant, à mesure qu'il approchait du but, le cœur paternel de ce vieux bourru se serrait à la pensée de retrouver peut-être à l'agonie son élève de prédilection. Le médecin-chef de l'hôpital de Saint-Jude, prévenu télégraphiquement par Wavrin, les attendait.

A la première question anxieuse posée par les docteurs de Blanche-Croix, le chevalier de Mol répondit :

— Non, cette jeune fille n'est pas morte, mais elle n'en vaut guère mieux !

Ragot expliqua, en phrases hachées, que ce devait être sa meilleure élève, disparue depuis deux jours.

— La sœur de l'anarchiste Maulain, acheva le médecin-chef de Blanche-Croix.

— Quoi ! s'écria le Belge, la sœur de cet affreux criminel est cette belle personne en guenilles !

Tous les trois se hâtèrent vers la salle Sainte-Anne, où reposait la malheureuse.

Du plus loin qu'il l'aperçut, Ragot poussa un cri :

— C'est elle !

Mais aussitôt, sa brusquerie naturelle reprenant le dessus sur son affliction, au milieu de ce décor familier de lits blancs et d'infirmières, le grand praticien jeta son chapeau, son manteau, et se mit à bougonner avec rage :

— La sotte fille, l'imbécile, se sauver ainsi à l'aventure ! C'est bien fait ! Ça lui apprendra ! Oh ! les femmes !

S'approchant de la blessée, il commanda d'un ton bourru à la Sœur qui la gardait de la remuer avec précaution, pour qu'il pût l'examiner à son aise. Il avait sa figure des plus mauvais jours, celle qui terrorisait ses apprentis. Mais la Sœur en avait vu bien d'autres, sans doute. Elle ne broncha pas. Et Ragot, dérouté, se calma soudain. D'ailleurs, il maniait une patiente, et quelle patiente ! Toute son attention était consacrée à résoudre ce dilemme : vivra-t-elle, ne vivra-t-elle pas ?

Wavrin, le chevalier de Mol étaient là ; d'autres médecins étaient accourus de tous les coins de l'hôpital, attirés par ce régal professionnel : une consultation du grand Ragot.

Mais l'oracle ne se prononça pas.

— Messieurs, dit-il en se relevant, le front impénétrable, cette jeune fille est entre les mains du bon Dieu. Nous n'y pouvons rien.

Il jeta un dernier regard sur le visage de marbre, aux traits si purs, dont les grands yeux demeuraient clos, et il s'éloigna lentement, sans une parole de plus.

Dans les groupes des médecins et des internes, une phrase volait de bouche en bouche, toujours la même :

— C'est la sœur du fameux Maulain, c'est la sœur de l'anarchiste !

Le bruit gagna les religieuses.

Alors une Sœur se détacha des autres. Elle était jeune et

svelte, elle marchait droit, la tête haute, et, sous la blanche cornette des Filles de Saint-Vincent de Paul, ses yeux bruns, très clairs, rayonnaient. Elle vint rapidement au chevalier de Mol et lui dit d'une voix harmonieuse :

— Monsieur le docteur, voulez-vous me permettre de prendre spécialement cette jeune fille en consigne ?

Sans répondre directement, de Mol objecta :

— Vous savez qui elle est ?

— C'est pour cela que je vous la demande !

— Prenez-la, ma chère Sœur !

Elle salua modestement et se retira.

Wavrin demanda, intrigué :

— Quelle est donc cette religieuse ?

— Une de vos compatriotes, répondit le Belge en souriant. Comment ne la reconnaissez-vous pas, mon cher confrère ? Dans le monde, elle s'appelait Mlle Sonnoy !

— La sœur de Jacques ! s'écria Wavrin.

Et Ragot ajouta entre ses dents :

— C'est tout de même beau, la charité chrétienne !

Quand les deux médecins furent rentrés à Blanche-Croix, Wavrin, laissant son vieil ami s'en retourner à sa clinique, se rendit par le car à Saint-Pancrace, où il était plus sûr de rencontrer Jacques Sonnoy que partout ailleurs.

Le jeune chef d'usine dépouillait, en effet, sa correspondance du soir dans son bureau, quand le médecin-chef de l'hôpital fut introduit près de lui.

— Quel bon vent vous amène ? s'écria-t-il gaiement.

— Je ne sais pas si c'est un bon vent, répondit Wavrin, qui soupira ; Ragot et moi, nous arrivons de Saint-Jude. La jeune fille assassinée hier dans la promenade de cette ville est bien la sœur de Maulain, qui avait disparu depuis la nuit de l'attentat.

Jacques Sonnoy poussa un cri :

— Assassinée ? Germaine ?

— Pas tout à fait, si j'ose m'exprimer ainsi, répondit le médecin, mais elle est mal en point, la pauvre !

— Comment ? Pourquoi l'a-t-on assassinée ?

Jacques Sonnoy parlait vite, d'une voix un peu haletante.

— On ne le sait pas encore. On suppose qu'elle a dû être frappée par ce nihiliste russe, le complice de son frère, que la police recherche en vain partout.

— Elle se serait donc enfuie avec ce misérable ?

Wavrin eut un geste vague.

— Puisque je vous dis qu'on ignore tout du drame !

Jacques Sonnoy prononça, en martelant ses mots :

— Cette malheureuse m'a donné l'impression d'une honnête fille. Il y a des regards qui ne trompent pas, et les yeux de Mlle Maulain sont d'une limpidité parfaite.

Wavrin, que certaines impressions ne trompaient pas non plus, répondit :

— Elle est honnête, en dépit du milieu déplorable où elle a vécu jusqu'à présent. Ragot l'aime et l'apprécie beaucoup. Il prétend que c'est sa meilleure élève.

— Et Ragot l'a vu ? questionna Jacques avec un intérêt soudain. Croit-il qu'elle va mourir ?

— Il nous a dit textuellement, après l'avoir examinée : « Cette jeune fille est entre les mains du bon Dieu. » J'ajouterai, pour ma part, continua Wavrin, qu'elle est matériellement entre les mains d'un ange du bon Dieu : c'est votre sœur Marthe qui la soigne, Monsieur Sonnoy.

— Vraiment ? J'en suis bien aise.

— C'est elle qui l'a demandé, acheva le docteur en se levant. Car l'idée n'en serait venue à personne, j'imagine. Mais cela lui a semblé probablement tout naturel. C'est de famille, sans doute, cet amour du prochain pour l'amour de Dieu ! Si tant est que le prochain soit votre plus mortel ennemi. Enfin, tel frère, telle sœur !

— Oh ! je vous en prie ! s'écria Jacques gêné. N'insistons pas. Ça n'en vaut vraiment pas la peine !

Et les deux hommes se serrèrent la main.

Resté seul, Jacques expédia lestement sa correspondance, écouta distraitement les derniers rapports de ses contremaîtres et reprit le chemin de Blanche-Croix une demi-heure plus tôt que de coutume.

Il éprouvait un sentiment singulier, un sentiment complexe de satisfaction et d'angoisse : on avait retrouvé Mlle Maulain, mais elle était au plus mal. Ragot la considérait comme une perle. Masi pourquoi ce nihiliste l'avait-il frappée ? Toutes ces pensées se heurtaient confusément dans l'esprit du jeune homme et le faisaient passer par de curieuses alternatives de dépression et d'exaltation morale. Ce sage garçon, qui ne s'était jamais occupé d'aucune femme, ne se demanda pas un instant d'où provenait l'intérêt nouveau que lui inspirait celle-ci. Lorsqu'il avait été la chercher en personne, la nuit de l'attentat, un seul sentiment l'avait guidé : la compassion pour une infortune immense. Dans ce moment-là, peu lui importait que l'être à secourir fût un homme ou une femme. Même, dans l'empressement qu'il avait mis à ramener cette pauvre fille, au milieu des soins touchants qu'il avait pris à lui épargner de son mieux le contact malveillant de la foule, Jacques ne s'était pas seulement aperçu de la beauté de celle qu'il traînait, défaillante, à son bras. Comment cela s'était-il fait ? Il n'en savait rien, il ne s'en rendait pas compte ; mais certainement Germaine Maulain l'*intéressait*.

En arrivant à Blanche-Croix, il se dirigea vers l'habitation du colonel Martin pour conférer avec lui au sujet de ses fameux tracts. Le colonel, assis dans son fauteuil, les pieds sur ses chenets, lisait « la dernière édition » du *Soir*.

— En voilà bien une autre, à présent ! s'écria-t-il. Tenez, lisez ! Il paraît que la sœur de votre assassin aurait été assassinée à son tour ! « Dent pour dent », c'est la loi du talion, et, ma foi, j'avoue qu'à l'occasion je n'en suis pas l'ennemi !

Jacques répondit avec douceur :

— L'innocent paye souvent pour le coupable. Parce que ce déséquilibré avait tourné au criminel, il ne s'ensuit pas que sa sœur fût responsable de ses méfaits.

— Je ne dis pas non ; mais, dans mon idée, elle ne vaut pas cher, cette demoiselle !

— Demandez à Ragot ce qu'il en pense, répliqua Jacques. Il la connaît mieux que nous, c'est une de ses élèves.

— Une étudiante en médecine, alors ? Hum ! ça se rencontre souvent, parmi les terroristes !

— Souvent, oui, mais pas toujours. Il se rencontre des personnes extrêmement méritantes parmi les élèves en pharmacie ou en médecine. Il y a si peu de carrières ouvertes aux filles à peu près bien élevées !

Le colonel se mit à rire.

— Il ne vous manquait plus que ça, mon cher, vous faire l'apôtre du féminisme dans nos murs.

Jacques répondit gravement :

— Non, ce n'est pas un rôle qui me convienne ; mais si jamais j'ai une femme, ce qui n'est pas certain, j'entends qu'elle prenne en mains la défense de toutes les femmes pauvres, courageuses et seules.

L'abbé Parmentier arriva sur ces entrefaites, porteur de « placards » à corriger.

On le mit au courant du « drame des Allées-Vertes ». Il s'écria :

— C'est un coup de Basilikoff !

— Comment le savez-vous ?

— Ah ! c'est toute une histoire ! Figurez-vous que le frère et la sœur Maulain demeuraient avec ce Russe, dans une petite maison de la rue du Cœur-Volant, où loge un très brave homme, contremaître au tissage, Duval, que je connais parfaitement bien. Ce contremaître m'a raconté les choses les plus curieuses. Il m'a dit que, selon sa conviction, l'attentat devait avoir été manigancé par le Russe, que celui-là était une franche canaille, tandis que Philippe Maulain n'était qu'une sorte d'illuminé et d'imbécile. En revanche, mon contremaître et sa femme estimaient beaucoup la jeune personne. Il paraît qu'elle était en assez mauvais termes avec le Russe. Cet individu est rentré seul dans la maison cinq minutes après l'explosion. Il a fait du bruit, malgré ses précautions, en montant et redescendant l'escalier aussitôt après. Le contremaître, qui veillait un enfant malade, a regardé par la fenêtre et a vu l'homme s'enfuir, un paquet sur l'épaule, au bout d'une canne.

— Pourquoi n'a-t-il pas couru après ? s'écria le colonel.

— Pardon, le contremaître ignorait encore l'attentat. Il ne l'a su qu'au moment où M. Jacques Sonnoy est arrivé, avec les agents de police, dans la maison. A partir de ce moment-là, ni lui ni sa femme n'ont pu fermer l'œil, comme vous le pensez bien ! Ils ont entendu rentrer Mlle Maulain. Ils l'ont vue redescendre au petit jour, sans chapeau, avec un tablier bleu et enveloppée d'une mante. Ils ont supposé qu'elle allait aux provisions et choisissait une heure aussi matinale pour éviter la curiosité publique. Ces braves gens lui auraient offert leurs services de grand cœur, s'ils l'avaient osé ; mais elle était toujours si fière, paraît-il, et si froide qu'ils ont craint de l'offenser en paraissant la plaindre.

— Vous devriez raconter tout cela au commissaire de police, dit le colonel.

— A quoi cela servirait-il ? Maulain est mort ; sa sœur, dites-vous est mourante. Quant à Basilikoff, il ira se faire pendre ailleurs. C'est un évadé des bagnes de la Sibérie, paraît-il. S'il retombe jamais dans les griffes de la police russe, sa peau ne vaudra pas cher !

Jacques dit sentencieusement :

— Vous savez que ce Basilikoff était rédacteur, soi-disant politique, au journal révolutionnaire *le Réveil des Parias*, cette feuille ignoble dont le vieux porteur converti m'a donné la première idée de notre « Œuvre de la Presse » ?

— Nous le savons, répondirent en même temps l'officier et le prêtre.

Jacques Sonnoy continua posément :

— La coïncidence me paraît assez curieuse. Si les paroles de ce pauvre camelot ne m'avaient pas convaincu, l'acte du rédacteur m'aurait ouvert les yeux ; car je vois bien maintenant que l'idée première de la bombe avait dû prendre naissance dans le cerveau du forçat russe.

— Tout porte à le croire, assura l'abbé.

Jacques tira de son portefeuille une vilaine lettre pliée en quatre.

— Puisque nous sommes ici tout à fait entre nous, dit-il, permettez-moi de vous montrer ce document reçu la veille même de l'attentat.

Et il présenta successivement au colonel et à l'abbé la lettre anonyme qui l'avait étonné si fort et troublé si peu.

— Quoi ! s'écria le colonel, vous aviez reçu ça et vous ne disiez rien ?

— A quoi bon ? Cette lettre pouvait être l'œuvre d'un mauvais farceur !

— Compliments, mon cher, dit le vieux brave. Je ne me croyais pas poltron, mais, mâtin ! vous avez plus de sang-froid que moi !

L'abbé Parmentier, cependant, lisait attentivement la lettre.

— C'est une écriture contrefaite, déclara-t-il.

— Je n'en doute pas, reprit Jacques ; mais personne au monde ne peut contrefaire absolument son écriture. Il en reste toujours quelques traits.

— Oui, et ce sont généralement les signes caractéristiques.

— Pourrez-vous, demanda Jacques, montrer cette lettre à votre contremaître de la rue du Cœur-Volant ? Pensez-vous qu'il puisse reconnaître l'écriture de Basilikoff ?

— Je l'ignore, mais je lui montrerai la lettre ce soir même, car je dois le voir au Cercle catholique de Saint-Basile.

Et l'abbé ayant serré la missive dans la poche de sa douillette, on parla enfin de la « bonne presse ».

Le lendemain matin, à son réveil, Jacques Sonnoy reçut, par messager spécial, un mot de l'abbé Parmentier, ainsi conçu :

Le contremaître est persuadé que la lettre anonyme est bien de Basilikoff. En tout cas, elle n'est pas de Maulain. Au reste, il m'a promis un spécimen de l'écriture de chacun de ces deux hommes. Venez me voir à 6 heures ce soir, je vous les montrerai.

Jacques Sonnoy n'eut garde de manquer le rendez-vous. Pourquoi éprouva-t-il un immense soulagement en s'assurant que cette vilenie provenait bien du forçat russe ?

## XI

Cependant, l'attentat de l'anarchiste avait eu un retentissement énorme. On ne parlait que de cela partout, dans les salons, les boutiques et les usines. Une sorte d'épouvante rétrospective planait. Des gens étaient surpris à faire des rondes, furtivement, à 1 heure du matin, devant leurs portes, autour de leurs immeubles. Plusieurs vieilles femmes s'étaient alitées de peur.

Mais personne, en ville, n'avait éprouvé plus violemment le contre-coup du drame que le vieux père Crépy, le patron du criminel. A la première nouvelle de l'explosion, les prophéties énigmatiques de l'ingénieur avaient pris pour le bonhomme une signification terrible :

— Je vous ferai une *étourdissante* réclame !

Ah ! il s'en serait bien passé d'une réclame de ce genre-là !

Qu'est-ce qu'on allait penser de lui, maintenant ? Pourvu qu'on ne le prenne point pour un complice du misérable ! Déjà sa femme lui reprochait amèrement sa faiblesse. Elle frémissait à la pensée que Philippe Maulain aurait pu les faire sauter tous, eux, leurs enfants, leur maison, leur usine. Même involontairement, le coquin n'aurait-il pas pu laisser tomber de sa poche quelque engin fatal ? Ces sortes de risque-tout sont terribles pour les autres ! Ah ! comment avait-il pu, lui, Narcisse Crépy, un homme rangé, un homme d'âge, garder si longtemps à son service un bandit pareil ?

Et les reproches tombaient dru sur le patron.

Le vieux n'avouait pas, ne s'avouait pas à lui-même que son avarice était seule responsable de son imprudence inepte. Car s'il avait engagé et surtout conservé Maulain, dont il n'ignorait point les tendances malsaines, c'est que Maulain se contentait d'appointements dérisoires, dont ne se serait jamais contenté aucun autre chimiste de sa valeur.

Mais le pire de tout maintenant, c'est que la police allait venir. Elle ne manquerait pas de perquisitionner à l'usine. Rien ne pouvait être plus désagréable au père Crépy. Peut-être avait-il quelque bonne petite raison pour s'effarer d'une enquête trop minutieuse dans ses paperasses. Le scrupule n'est pas toujours de mise en affaires ! Et les gens de la police ont le mauvais goût de se montrer parfois si scrupuleux pour le public !

Dolent, geignant, le vieux Crépy dut se rendre à ses bureaux. Il avait une migraine atroce. Il aurait tant voulu rester dans ses pantoufles, au coin de son poêle ! Mais le moyen, quand on prévoit une invasion dans ses domaines, et quelle invasion, miséricorde !

Déjà un attroupement s'était formé devant la porte de l'usine. On chuchotait, on ricanait. Dès que le vieux parut, un jeune homme glabre, carnet en main, s'élança vers lui, l'interrogea :

— Depuis combien de temps avait-il son ingénieur ? N'avait-il rien remarqué de suspect en ses allures ?

Le bonhomme, éperdu, bredouillait des réponses embarrassées et confuses, quand quelqu'un cria près de lui :

— V'là le commissaire qui arrive.

— Ce n'est donc pas vous, le commissaire ? demanda le père Crépy au jeune homme glabre.

— Jamais de la vie, Monsieur ! Moi, je suis rédacteur au *Nouvelliste de Blanche-Croix*.

— Ah ! gredin ! si j'avais su ! ronchonna le vieux, en serrant les poings de rage.

Et, bousculant tout le monde, sans attendre le commissaire, il se précipita dans son usine.

Les perquisitions durèrent deux heures. On ne trouva rien de compromettant pour la personne même du vieux Crépy, mais les preuves palpables de la préméditation de Philippe Maulain pour son acte criminel. Des quantités de cahiers de notes, dans son bureau, témoignaient de ses longues recherches, de ses patients calculs, pour établir une bombe explosible d'une force d'expansion prodigieuse. Que de peines prises pour faire le mal !

— Et vous ne vous doutiez pas de ça, Monsieur Crépy ? demanda le commissaire au patron, d'un air plutôt incrédule.

— Non, Monsieur le commissaire, non, je ne m'en doutais pas le moins du monde ! s'écria précipitamment le vieux. Ah ! si je m'en étais douté !

Et il levait les mains au ciel, pour le prendre à témoin de son désespoir.

— Je vous engage à être plus circonspect, une autre fois, dans le choix de votre personnel, conclut le représentant de la police avec une juste sévérité. La récidive, Monsieur Crépy, pourrait vous jouer un méchant tour.

— Ah ! Monsieur le commissaire, j'aimerais mieux prendre un Jésuite, maintenant, qu'un révolutionnaire !

Le jeune reporter du journal, pendant ce temps-là, se présentait au domicile de l'anarchiste.

Là, moyennant un léger pourboire, il fut bien accueilli de la Chouette — volontiers prolixe en paroles — et copieusement renseigné sur les faits et gestes du trio Maulain-Basilikoff. Plusieurs commères du voisinage, assemblées chez la mégère, ajoutèrent bénévolement leurs commentaires au sien. Il sut le chiffre du loyer de Philippe et combien sa sœur dépensait pour leur ménage, et ce qu'ils mangeaient à leurs repas. On lui montra le logis vide et dévasté, dont il releva le plan et les détails. Même il emporta un morceau déchiré de la toile cirée de la table, qu'il se proposa de faire encadrer, avec ces mots suggestifs en exergue : « Souvenir d'un crime. »

Et l'impression qui résulta pour lui de cette visite domiciliaire se trouva résumée par la plus décrépite des voisines :

— Elle était trop fière, cette demoiselle Maulain, c'est bien fait pour elle !

Ayant poursuivi son enquête par l'hôpital, ce fut une autre chanson qui vint tinter aux oreilles du journaliste. L'interne appelé au parloir et pressé de donner son opinion sur la sœur de l'anarchiste s'écria impétueusement :

— Cette jeune fille-là, Monsieur, mais c'est une victime de la science ! Elle nous épatait tous ! Et c'était pour mieux travailler qu'elle restait avec son coquin de frère ! Ah ! Monsieur, sa disparition est un bien grand malheur !

Légèrement effaré par cette déclaration, le reporter du *Nouvelliste de Blanche-Croix* continua son chemin et dirigea ses pas imprudents vers l'antre obscur où s'élaborait son dangereux adversaire, le *Réveil des Parias*.

L'ex-notaire, directeur de la feuille abjecte, s'occupait activement à précipiter dans son poêle de fonte une profusion de papiers. Sans doute escomptait-il l'arrivée prochaine de la police.

L'apparition de son élégant confrère porta le comble à sa fureur.

— Qu'est-ce que vous venez f... ici, vous ? s'écria-t-il grossièrement, en ponctuant ses paroles de jurons horribles.

Ainsi interpellé, l'autre jugea inutile d'avancer davantage et demeura cloué sur le seuil, balbutiant :

— J'aurais désiré connaître votre opinion.....

— Mon opinion ? Fichez-moi le camp au plus vite, si vous n'avez pas envie que je vous casse mon tisonnier sur la tête !

Le reporter s'esquiva.

Comme il s'en allait, penaud, il rencontra le colonel Martin, qu'il connaissait un peu, et qu'il se permit d'arrêter au passage pour lui raconter ses mécomptes.

— Ah ! le métier est difficile ! gémit-il douloureusement. J'aurais tant voulu écrire un bel article, bien documenté, sur l'attentat ! Comment se former une opinion positive avec des données pareilles : des contradictions, des réticences et des injures ?

— Hé, quoi ! votre opinion n'est pas faite ? s'écria vivement le colonel. Votre article vous embarrasse ? Mais je vais vous le bâtir en trois mots, jeune homme ! Ecoutez-moi bien. La science à haute dose est aussi pernicieuse que l'alcool aux cerveaux faibles : ça, c'est pour le frère. Sans la religion, la plus belle intelligence peut sombrer dans le désespoir : ça, c'est pour la sœur. Les mauvaises fréquentations conduisent fatalement au déshonneur et au crime : ça, c'est pour les deux. Ajoutez, jeune homme, si vous voulez corser votre prose, que le gouvernement de notre pays a bien tort de supporter bénévolement la présence de coquins d'étrangers, tels que ce Basilikoff. Et vous aurez un article dont vous me direz des nouvelles !

Sur quoi le jeune homme glabre s'en alla rêveur, surpris de la façon bizarre qu'avait le colonel Martin d'envisager les choses, trouvant qu'au fond il n'avait peut-être pas tout à fait tort.

Le commissaire de police, pendant ce temps-là, se dirigeait à son tour vers les bureaux du journal anarchiste, où une forte odeur de papier brûlé saisit dès l'abord son nerf olfactif. Le poêle de fonte était rouge, emplissant l'atmosphère d'une chaleur suffocante.

— Trop tard ! pensa le magistrat dépité. J'aurais dû commencer par ici.

— Où est le directeur du journal ? demanda-t-il à haute voix.

Deux comparses des plus « miteux » se regardèrent.

— M. le directeur n'est pas encore venu ce matin. Nous ne l'avons pas vu. Sans doute est-il chez lui.

Le commissaire, du bout de sa canne, désigna le poêle fumant :

— C'est donc vous qui avez brûlé tous ces papiers ?

Sur le plancher sale, des fragments noircis volaient.

Les « compagnons » répondirent effrontément :

— Bien sûr ! C'est nous qui avons allumé le poêle avec des vieux journaux de l'année dernière. On se sert de ce qu'on a quand on est pauvre.

Le commissaire de police perquisitionna quand même. Selon son attente, il ne trouva rien de bien intéressant, rien surtout qui pût éclairer d'un jour nouveau le crime de Maulain ni la complicité de Basilikoff. Il découvrit seulement dans un tiroir, parmi une volumineuse correspondance anonyme, une lettre écrite en russe, qu'il emporta pour la faire traduire aussitôt.

C'était une requête adressée à Fédor Basilikoff par un condamné russe réfugié à Barcelone et lui demandant des conseils sur la fabrication des bombes à explosion automatique. Fédor était donc un expert connu en la matière.

— Plus de doute, se dit le commissaire de police, les deux copains ont travaillé ensemble. Si Maulain a trituré les poudres, c'est l'autre qui a monté le mécanisme du diabolique engin.

## XII

Germaine Maulain fut quinze jours entre la vie et la mort.

La première fois qu'elle reprit connaissance, elle ne comprit pas pourquoi elle se trouvait là, et, ne se sentant pas assez forte pour le demander, elle essaya de se rendormir. Mais elle entendit bien une voix jeune et fraîche qui disait :

— Tenez, regardez, ma chère Sœur, la voilà qui ouvre les yeux !

Une voix cassée et chevrotante répondit d'un ton de compassion :

— Tant mieux ! Pauvre petite, soignez-la bien !

Ces voix la charmèrent, ces paroles bienveillantes lui semblèrent une délicieuse musique. Elle éprouva un sentiment de confiance qui l'étonna, mais sa faiblesse reprit bientôt le dessus.

Ce fut ainsi, pendant deux ou trois jours, des réveils répétés à la vie, mais courts, dans une atmosphère de paix, de silence et de repos .

Enfin, la jeune fille reprit totalement possession d'elle-même. Ouvrant ses yeux tout grands, elle promena ses regards étonnés autour d'elle. Comme cette salle de souffrance lui parut jolie ! Les lits si propres, le parquet ciré, ces religieuses aux pas silencieux ; des grandes fenêtres claires au travers desquelles on voyait tourbillonner la neige, tout lui sembla délectable. Elle ne souffrait plus, sa fièvre était tombée, elle se sentait heureuse de vivre. Dans les premiers instants d'une convalescence, quand on est jeune, l'avenir apparaît tout en rose. Germaine éprouvait ce sentiment particulier de béatitude animale. En ce moment-là, elle ne se souvenait plus de rien et ne voulait pas se souvenir. La minute présente lui suffisait.

Très doucement, une des religieuses se rapprocha d'elle, et, s'arrêtant à côté de son lit, la regarda. Elle était jeune et d'une figure agréable, avec des yeux charmants. Ces yeux attirèrent ceux de l'étudiante. Toutes les deux sourirent en même temps.

La religieuse dit aussitôt :

— Vous avez bonne mine, ce matin, ma chère enfant, vous allez même mieux. Je vais vous donner tout de suite un bon petit verre de bordeaux et un biscuit.

Quand elle revint, apportant les réconfortants annoncés, et qu'elle passa son bras gauche sous l'oreiller de la malade pour la soutenir, l'étudiante observa qu'elle avait de très belles mains, extraordinairement blanches et bien faites. Germaine Maulain avait toujours considéré les religieuses hospitalières comme des jeunes filles du peuple, ignorantes et bornées, ne dépassant jamais le niveau social des infirmières laïques, et beaucoup moins instruites. La distinction de celle-ci l'étonna.

Son adresse la surprit davantage, les jours suivants. La blessure de l'étudiante ne se cicatrisait pas vite et nécessitait des pansements très minutieux. Et la Sœur Marthe opérait d'une main si experte que Germaine en demeurait confondue. Elle lui dit, une fois :

— Vous êtes plus habile que moi, ma Sœur, et pourtant c'était mon métier, j'étais étudiante en médecine, jadis !

Elle soupira et baissa la tête.

La religieuse répondit prestement :

— Dès que vous serez guérie, vous reprendrez vos études.

Germaine secoua tristement la tête.

— Si vous saviez ce qui s'est passé, ma Sœur, vous ne me parleriez pas ainsi.

— Je le sais très bien, répondit nettement Sœur Marthe.

Germaine se sentit rougir. Mais sa blessure, sous l'action des aseptiques, la brûlait soudain, la tête lui tournait de faiblesse. Elle ferma les yeux et se tut.

Cependant, un travail douloureux et lent se faisait dans son esprit. Jusqu'alors, trop accablée par la souffrance, elle ne s'était pas demandé ce qu'on pouvait savoir d'elle à l'hôpital. Hors d'état de reconnaître Wavrin et Ragot, lorsqu'ils étaient venus la voir, elle ignorait ce que ces médecins avaient raconté de ses aventures. Comment cette religieuse était-elle au courant de sa vie passée ? Cette idée la préoccupa, sans la contrarier outre mesure. D'abord, elle n'avait plus assez de forces pour se révolter contre le sort, et puis, à son insu, dans ce milieu nouveau, ses âpres sentiments d'égoïsme et d'orgueil mollissaient singulièrement.

Un soir qu'elle rêvait ainsi, voyant Sœur Marthe s'approcher d'elle, souriante, pour lui présenter son léger repas, elle lui dit tout à coup :

— Ma Sœur, vous connaissez mon nom ?

— Parfaitement.

— Vous êtes au courant de mon histoire, de l'histoire de mon frère ?

— Oui, je vous l'ai déjà dit, l'autre jour.

— Pourquoi soignez-vous si bien la sœur de l'anarchiste ?

— Parce que je l'aime beaucoup, répondit en riant la Sœur.

— Ce n'est pas possible !

— Allons, bon ! voilà que vous allez douter de mes paroles, à présent ! C'est très vilain, Germaine !

Comme son nom lui parut doux dans la bouche de la Sœur Marthe !

A partir de ce moment-là, elle devint très loquace avec sa charitable infirmière. Elle qui avait toujours gardé une si dédaigneuse réserve à l'égard de ses compagnes, sans même s'en douter, elle ouvrit insensiblement son âme à Sœur Marthe. Elle lui raconta toute sa vie, par bribes, depuis sa petite enfance jusqu'aux jours tragiques de l'attentat de son frère et de sa propre fuite. La Fille de Saint-Vincent de Paul n'avait pas besoin de questions. La confession se faisait toute seule.

Un jour seulement la Sœur demanda :

— Mais que faisait donc votre mère ?

— Ma mère, s'écria Germaine Maulain avec une expression de mépris qui glaça la religieuse, ma mère, elle se piquait à la morphine !

— Ah ! fit la Sœur, je comprends tout, maintenant !

Quand la blessée put s'asseoir confortablement dans son lit, la vieille Supérieure de l'hôpital vint la voir un jour et lui dit, avec son bon sourire de grand'mère :

— Ma chère petite, j'ai une bien agréable nouvelle à vous annoncer. Votre excellent maître, le Dr Ragot, va venir vous voir demain.

— Demain ! s'écria Germaine saisie, oh ! mon Dieu !

Elle se cacha la figure dans ses mains.

— Comment ! cela ne vous fait pas plaisir ?

— Ça me bouleverse, ma Sœur ! Oh ! je souhaitais tant d'oublier, de ne plus penser à Blanche-Croix !

La Supérieure dit gravement :

— Il faut y penser, ma fille. Votre devoir est à Blanche-Croix !

— Mon devoir ! cria-t-elle avec violence, je suis seule au monde! A qui dois-je en rendre compte ?

— A Dieu ! répondit la religieuse.

Et l'étudiante baissa la tête et se tut.

Ragot arriva le lendemain à l'heure dite, ponctuel comme le destin. Son élève, assez anxieuse, bien appuyée sur ses coussins, le regardait venir depuis l'extrémité de la longue salle. Ses rares cheveux ébouriffés, ses sourcils froncés férocement, toutes les contorsions de sa figure témoignaient de l'état d'agitation de son âme. La bonne Supérieure avait peine à le suivre, tant il se dépêchait.

— Ah ! vous voilà, vous, grande sotte ! cria-t-il à son élève du plus loin qu'il l'aperçut. Vous pouvez vous vanter d'en faire de belles ! Franchement, vous ne l'avez pas volé, votre coup de couteau. C'est bien fait pour vous ! Comme si vous ne pouviez pas vous tenir tranquille!

Et, comme la jeune fille protestait faiblement, il continua, d'un ton furieux, en prenant les religieuses à témoin :

— Qu'est-ce que ces dames doivent penser de nous ? Que nous sommes des barbares, des monstres. Ah! vous nous avez fait là une jolie réputation ! Est-ce que nous vous aurions dévorée parce que votre frère était un fou ?

Mais, loin d'affecter Germaine, ce flot de paroles injurieuses la rassérénait, au contraire, en la rassurant sur les dispositions amicales de son professeur à son égard. Elle connaissait Ragot de longue date. Toute généreuse émotion, chez lui, se manifestait par une tempête.

Quand il fut un peu calmé, il consentit à s'asseoir et se mit à discourir plus raisonnablement.

— Ça, dit-il à son élève, causons un peu de nos petites affaires. Vous voilà en bonne voie, et ce n'est pas votre faute. Enfin, passons ! Dans trois semaines, vous serez sur pied. Vous n'avez pas la prétention, j'imagine, de vous faire héberger par la municipalité de Saint-Jude jusqu'au dernier de vos jours ? Sitôt en état de voyager, vous reviendrez à Blanche-Croix.....

Germaine poussa un cri :

— A Blanche-Croix ! Je ne veux pas y retourner !

— Le roi dit « nous voulons », répliqua Ragot sans s'émouvoir. Il ne s'agit pas de vos caprices. La Faculté de Blanche-Croix vous rappelle, vous n'avez qu'à obéir.

— Mais ce n'est pas possible ! s'écria Germaine, vous ne pouvez pas me condamner à un pareil supplice ! J'aime mieux mourir que de rentrer dans la maison de la Chouette !

Ragot ne perdit pas une si belle occasion de bouillonner à nouveau.

— Qui vous parle de la maison de la Chouette, malheureuse enfant ? Puisque vous logerez chez moi, sous l'égide protectrice de ma sœur, de « sainte » Félicie Ragot, entendez-vous ?

Germaine, saisie, se croyant le jouet d'un rêve, regarda son professeur au fond des yeux.

— Vous feriez ça, vous, maître ? Vous recueilleriez la sœur de l'anarchiste ?

Et, incapable de contenir la violence de son émotion, elle éclata en sanglots.

— Tonnerre de chien ! hurla Ragot ; il ne nous manquait plus que ça ! Oh ! les femmes ! Je ne croyais pourtant pas celle-là si godiche !

Il se leva précipitamment et prit la fuite, escorté de la Supérieure, à laquelle il répétait rageusement :

— Ça m'agace, moi, les scènes, je déteste les « pitreries », les pleurnicheries et toutes ces ridicules démonstrations des femmes ! C'est pour ça que je ne me suis jamais marié ! Félicie ne bronche pas, ni Philomène, ma cuisinière ! Ah ! je voudrais bien voir qu'elles s'avisassent de tremper leurs mouchoirs en raccommodant mes chaussettes ou en tournant mon fricot !

Et, sans rien vouloir entendre, le bourru bienfaisant reprit le chemin de la gare et le premier train en partance pour Blanche-Croix.

Cependant, Germaine Maulain, à mesure que son bouleversement se calmait, se troublait davantage à la pensée du retour dans la ville où le nom seul qu'elle avait le malheur de porter devait soulever l'indignation publique. A la vérité, la généreuse adoption du grand Ragot la mettait au-dessus de tout soupçon de connivence avec son frère et hors d'atteinte de la malignité des mauvaises langues ; mais l'autorité de son maître n'irait pas jusqu'à lui épargner l'hostilité sourde de ses compagnes ni la grossière curiosité des malades. Il lui semblait entendre déjà l'éternel refrain chuchoté :

— C'est la sœur de l'anarchiste !

N'ayant plus rien de caché pour son aimable infirmière, Germaine s'ouvrit de ses craintes à Sœur Marthe.

La Sœur soupira et dit :

— Si vous étiez restée chrétienne, comme tout cela vous importerait peu !

— Je ne vous comprends pas bien, ma Sœur.

— Non, vous ne pouvez pas me comprendre, et c'est ce que je déplore, mon enfant. Si vous aviez conservé la foi, si votre cœur battait à l'unisson du Cœur de Jésus-Christ, vous uniriez vos souffrances aux siennes, et combien elles vous paraîtraient plus légères ! Vous serez humiliée, dites-vous, devant vos camarades et le peuple de votre ville ? Pensez-vous que votre Sauveur n'ait pas été humilié devant les pharisiens et la tourbe des Juifs depuis le commencement de sa Passion jusqu'à sa mort ? O Germaine ! Germaine ! si vous pouviez comprendre !

L'étudiante baissa la tête et répondit humblement :

— Je le voudrais, ma Sœur !

Et, depuis lors, elle n'osa plus se plaindre.

Sœur Marthe n'était pas prodigue de sermons, et, quoiqu'elle parlât beaucoup du bon Dieu, ainsi qu'il convient à toute religieuse, elle ne « travaillait » pas sa malade en vue d'une conversion qu'elle souhaitait ardemment néanmoins. Mais Germaine, insensiblement, s'habituait à exposer à sa gardienne ses doutes, ses inquiétudes et toutes les défaillances de son esprit. Elles discutaient souvent ensemble, et jamais l'étudiante n'avait le dernier mot.

Un jour, voulant savoir ce qu'en pourrait dire la religieuse, Germaine Maulain vint à parler de la conduite de Jacques Sonnoy pendant l'inoubliable nuit de l'explosion.

— Figurez-vous, ma Sœur, que ce jeune homme est venu me chercher lui-même dans mon triste logis, qu'il m'a ramenée à son bras au travers de la foule et introduite dans sa propre maison pour y assister aux derniers moments de mon frère, qui avait essayé de le tuer ! N'est-ce pas extraordinaire ?

— Connaissez-vous M. Sonnoy, ma Sœur ?

Mais un éclair avait passé dans ses yeux, qu'avait surpris l'étudiante.

— Un peu, répondit évasivement la religieuse, arrangeant avec beaucoup de soin les oreillers de sa malade.

Comme elle ne paraissait pas désireuse de poursuivre la conversation sur ce sujet, l'étudiante, par discrétion, s'en abstint. Mais tandis que Sœur Marthe assistait à la messe le lendemain et qu'une autre hospitalière la remplaçait dans son service, Germaine Maulain en profita pour demander :

— Est-ce que Sœur Marthe ne serait pas de Blanche-Croix, par hasard ?

— Elle est de Blanche-Croix, répondit la religieuse.

— Ah ! fit l'étudiante saisie. Et serait-ce indiscret de demander comment elle s'appelait dans le monde ?

— Elle s'appelait Elisabeth Sonnoy.

Germaine Maulain, dans son lit, se sentit rougir jusqu'à la racine des cheveux.

Quand Sœur Marthe remonta de la chapelle, aimable et souriante, comme à son ordinaire :

— Eh bien ! s'écria-t-elle gaiement, en interpellant sa malade, avez-vous bien reposé, ce matin ? Etes-vous en bonne disposition ?

Germaine Maulain répliqua :

— Ma chère Sœur, jamais je me suis trouvée mieux depuis bien longtemps. Je commence à voir clair dans mes ténèbres et à distinguer la route à suivre. Deux personnes m'ont montré le chemin. Je ne vous étonnerai pas en vous disant que vous êtes l'une d'elles.

Sœur Marthe ne demanda pas quelle était l'autre.

Sa jeune convalescente, ayant été autorisée à se lever le jour suivant, pensa qu'il lui serait assez utile de recevoir la malle de vêtements confiée à la garde de la Chouette, avant son départ précipité de Blanche-Croix. Mais, ne voulant pas divulguer à cette mégère le lieu de sa retraite, elle pria la Supérieure de l'hôpital de faire écrire un mot à ce sujet au Dr Ragot, pour le prier de s'en occuper. Ragot chargea la police de réclamer et d'expédier la malle de son élève. Le grand chirurgien n'était pas sans inquiétude à l'égard de Basilikoff, demeuré introuvable à toutes les recherches, et il craignait, non sans invraisemblance, que la Chouette eût continué quelques rapports avec son abominable locataire.

— Si ce gredin est resté en Belgique, comme c'est presque certain, pensait Ragot, inutile de lui donner l'adresse de sa victime. —

Une fois sur pied, Germaine Maulain se remit étonnamment vite. Elle était jeune et vigoureuse ; le courage lui revenait avec ses forces, et, mieux que le courage, le vague sentiment d'un devoir ignoré la veille et à peine pressenti encore, d'un devoir austère et doux à la fois, le sacrifice de son existence au soulagement des malades et des infirmes.

Dès qu'elle fut en état de supporter le voyage, Ragot vint la chercher. Plus revêche et plus grognon que jamais, le toupet de travers et les yeux furieux, le Maître ne parvenait pas à dissimuler complètement la satisfaction qu'il éprouvait d'emmener sous son toit sa chère élève ressuscitée.

Quand elle prit congé de Sœur Marthe, celle que ses camarades appelaient « la statue de marbre », la froide Germaine se jeta au cou de la religieuse et la tint longuement embrassée. Plus émue qu'elle ne voulait le paraître, Sœur Marthe lui demanda immédiatement à voix basse :

— Laissez-moi au moins l'espérance de vous voir un jour partager notre foi !

— Il me semble que je crois déjà, répliqua l'étudiante en souriant au travers de ses larmes.

Mais Ragot détestait les pleurs et l'avait assez violemment exprimé. Il fallut prendre un air digne, composer son visage et raffermir sa voix pour traverser les rues populeuses de Saint-Jude et gagner la station.

Une fois dans le train, et seul avec son élève dans un compartiment de première, le professeur exposa ses plans. On était à la veille de Noël, c'est-à-dire qu'on arrivait aux vacances de fin d'année. Germaine passerait le temps des fêtes à se faire dorloter par Philomène et Félicie. Leurs petits plats, leurs « chatteries » lui feraient du bien. Après cela, ma chère, à la besogne ! Il s'agirait de rattraper le temps perdu. En avant, marche ! pour la clinique, l'amphithéâtre et l'hôpital ! Et puis la date des examens qui s'approchait. Il y avait tant de candidates, et de si fortes ! C'est qu'il ne s'agissait pas de se faire recaler comme une oie ! Qu'est-ce qu'on dirait, dans le monde médical, non pas d'elle, peu importait, mais de lui, Ragot, son professeur et son patron ?

Il dévisageait la jeune fille en parlant, il épiait sur ses beaux traits, réguliers et graves, un reflet de son ardente pensée. Elle tourna ses yeux lumineux vers lui, et le vieux savant tressaillit de joie. Il venait de surprendre la flamme du feu sacré dans ces yeux si chers, tandis que Germaine Maulain répondait, de sa voix musicale et profonde :

— C'est bien le moins que je vous fasse honneur, maître ! Si Dieu me prête vie, vous serez content de moi !

Mais déjà le train ralentissait, s'empanachant d'une fumée épaisse que le brouillard intense empêchait de s'élever. Des quantités de lumières trouaient l'ombre grise. Les wagons sursautaient, en passant les plaques tournantes. Par les glaces des portières, on distinguait de longues rues, boueuses et noires, grouillantes d'activité fébrile.

— Blanche-Croix ! dit Ragot.

Germaine Maulain ferma un instant les yeux, sous l'empire d'une émotion poignante, mais elle se ressaisit vite. Et quand son maître, descendu le premier, lui tendit la main, elle sauta résolument sur le quai, sans tourner la tête en arrière, mais regardant droit devant elle son avenir aussi sombre que le jour finissant de décembre.

## XIII

Quand Fédor Basilikoff s'enfuit des Allées-Vertes, croyant ne laisser qu'un cadavre derrière lui et sûr de n'avoir pas été remarqué, il commença par entrer dans le premier cabaret louche qu'il rencontra sur son chemin. Et là, au fond d'un verre d'absinthe, il chercha le meilleur parti à prendre pour échapper à la justice. Toutes les fumées de l'ivresse dissipées, il réfléchissait froidement.

Peut-être ne l'aurait-on pas poursuivi pour l'affaire de la bombe, car, en somme, on ne pouvait relever contre lui aucune preuve de complicité matérielle ; mais si le malheur voulait qu'on identifiât sa victime de tout à l'heure, de trop graves soupçons pèseraient sur lui pour qu'il ne fût pas arrêté sur-le-champ. Avec une rapidité de décision qui eût fait honneur à un général en campagne, le nihiliste abandonna aussitôt son projet primitif de retraite sur Bruxelles. Trop de bandits s'y cachaient déjà, et la police les espionnait trop bien. La capitale n'était pas un asile assez sûr.

Restait à trouver un refuge plus favorable. Fédor demanda tranquillement un indicateur des trains, et, le doigt sur la carte du réseau belge, il étudia les routes. Son regard, tout à coup, rencontra un nom qui le fit tressaillir : *Charleroi*. Comment n'y avait-il pas pensé plus tôt ? Charleroi ! c'était bien son affaire ! Une ville immense, peuplée d'ouvriers de toutes sortes, la capitale cosmopolite des charbonnages européens ! C'était là qu'il irait, mais à pied encore, cela valait mieux.

Basilikoff se leva, paya son absinthe et sortit du cabaret.

Les rues étaient encombrées d'une foule tumultueuse, sortant par flots des usines. Un brouillard pénétrant tombait. Le forçat grelottant pressa le pas, gagna le faubourg Est de la ville et enfila, tête baissée, la grande route ténébreuse et glaciale. Ce n'était pas un voyage d'agrément qu'il entreprenait là, mais le choix ne lui était pas laissé sur ses moyens de salut. Maintenant, une crainte le hantait qu'on eût découvert le cadavre de sa victime. Il pensait que les ouvriers des minoteries, à leur sortie du soir, traversaient sans doute les Allées-Vertes. Ils avaient dû trouver le corps de Germaine Maulain, donner l'éveil, ameuter les agents. L'assassin pressait le pas.

Toute la nuit, le forçat marcha de la sorte, harcelé d'une épouvante qui semblait augmenter en même temps que sa fatigue.

Arrivant vers l'aube à l'un des faubourgs les plus misérables de Charleroi, il chercha d'abord un barbier et se fit raser entièrement la tête et la figure. Ainsi dépouillé de sa longue barbe et de ses longs cheveux d'un jaune sale, Fédor Basilikoff devenait méconnaissable. Il se mit après cela en quête d'un marchand d'habits pour y échanger sa défroque de bourgeois besogneux contre la tenue complète d'un ouvrier mineur. Ah ! ça le connaissait, les mines ! Il en avait goûté en Sibérie, quoique le travail ne fût pas le même, puisqu'il s'agissait là-bas de sel et ici de charbons, mais qu'importait ! Le forçat saurait bien s'y refaire.

S'étant aperçu dans la glace d'une devanture, un peu après, Fédor Basilikoff s'admira. Il se dit orgueilleusement :

— Qu'ils y viennent, maintenant, les policiers, je les défie bien de me reconnaître.

Comme il parlait très bien l'allemand et qu'il portait toujours sur lui de faux papiers procurés jadis par ses frères et amis en Allemagne, il se donna facilement pour un pauvre ouvrier sujet du kaiser, à la recherche d'un travail mieux payé que dans sa patrie. Sans aucune difficulté, on l'embaucha. Il se croyait sauvé, il escomptait déjà l'avenir. Mais la Providence déjoua les plans du misérable.

Un jour, au fond de la mine, il se trouva tout à coup face à face avec un de ses anciens compagnons de Sibérie, un condamné de droit commun, dont la force musculaire terrifiait les autres. Pour cet homme, qui avait toujours connu Basilikoff entièrement rasé, aucune équivoque n'était possible. L'assassin vit qu'il était reconnu et trembla de peur.

L'autre, cependant, le narguait, sans rien dire encore, car il entendait bien profiter des circonstances. Manœuvrant de façon à remonter en même temps que Basilikoff, dès qu'ils furent au jour ensemble il eut soin de l'emmener à l'écart et lui dit avec un méchant sourire :

— Tu as engraissé, Fédor, la cuisine française t'a réussi. Je te félicite. Ta bourse, sans doute, a profité de même. C'est plaisant de faire des dupes, n'est-ce pas ? Compliments ! Tu as bien roulé ton chimiste de Maulain !

Il rit, à la façon d'une hyène.

Fédor grinça des dents. C'était à lui d'être roulé à son tour. Cependant, il répliqua, en affichant l'ignorance :

— Je ne sais pas ce que tu veux dire, Iouri. Ne pourrais-tu t'expliquer mieux ?

L'autre répondit, goguenard :

— Oh ! c'est bien simple ! Viens chez moi, je te montrerai tous les articles de journaux relatant l'attentat de Blanche-Croix. Je les ai collectionnés, pour l'amour de ton souvenir, ami très cher d'un temps heureux ! Le Français y est resté, le maladroit ! Mais le Russe a disparu à tous les regards ! Pas aux miens, toutefois, et j'en suis bien aise.

Un moment, Fédor avait tremblé que le géant ne lui jetât au visage le meurtre de Germaine ; mais non, il l'ignorait sans doute. Dans l'excès de sa terreur, ce lui fut un soulagement. Mais l'impitoyable Iouri poursuivait son discours. Tenant Fédor fortement serré par le bras, il lui susurrait à l'oreille :

— Entre vieux et bons camarades, la fraternité doit régner. Tu es riche et moi je suis pauvre. Partageons, Fédor !

— Hein ! quoi ! Que chantes-tu, Iouri ?

— Que j'ai besoin de cent francs et que tu vas me les donner sur l'heure.

— Jamais de la vie !

— Alors, viens que nous les touchions ensemble à la police.

Basilikoff étouffa un juron.

— Traître, tu me trahirais, toi ?

— Hélas ! mon ami, je te le répète, cent francs sont indispensables à la continuation de mes jours. Donne-les-moi, et nous sommes quittes ; sinon.....

— Je ne les ai pas, balbutia Fédor.

Déjà l'autre fouillait ses poches, lui arrachait sa bourse, le débarrassait de sa montre.

Furieux, éperdu, le nihiliste n'osait pas crier, appeler à l'aide, et il n'avait pas la force physique de résister à son bourreau.

Iouri le dépouilla sans peine et l'envoya promener avec un coup de pied au bas des reins, en lui criant dans leur langue maternelle :

— Maintenant, va te faire « knouter » ailleurs !

Il ne restait plus à Fédor Basilikoff que la ressource d'échanger son costume de mineur contre les guenilles d'un mendiant, ce qu'il fit aussitôt, dans sa hâte d'échapper à Iouri. Et, avec neuf sous retrouvés dans son garni abject, il reprit son éternelle promenade sur les grand'routes de Flandre.

Quel démon le poussa vers Blanche-Croix ? Ceux qui ont étudié la psychologie des criminels assurent que les assassins et les voleurs s'en retournent fatalement sur le théâtre de leurs méfaits.

Complètement désorienté et réduit à la dernière misère, Fédor Basilikoff s'imagina soudain que la police avait moins de chance de le trouver à Blanche-Croix qu'ailleurs, et qu'après tout il pouvait bien user des procédés sommaires de Iouri vis-à-vis de ses anciens compagnons véreux, les funestes rédacteurs du *Réveil des Parias*.

Il fut deux jours et deux nuits en route. Sur son chemin, il mendia. De bonnes âmes lui donnèrent du pain, par charité ; d'autres, ayant peur de lui, s'en débarrassèrent en lui jetant quelques sous.

Sur la fin du deuxième jour, il foula le pavé de Blanche-Croix. Ses cheveux, sa barbe avaient légèrement repoussé, mais il avait eu soin de si bien les barbouiller de charbon qu'à peine pouvait-on en distinguer la couleur.

Ce fut vers la demeure de la Chouette qu'il dirigea d'abord ses pas.

Sous prétexte d'acheter dix centimes de fromage, il entra dans la boutique de la mégère, qui ne le reconnut pas d'abord, sous l'aspect de ce mendiant. Elle le servit de mauvaise grâce et allait le pousser dehors, quand il se retourna soudain et lui demanda cyniquement :

— Où est donc votre locataire, Mlle Germaine Maulain ?

Au son de cette voix gouailleuse, la vieille sursauta de saisissement. Elle bafouilla :

— Plutôt que je le saurais ce qu'elle est devenue, cette péronnelle ! M'est avis que vous seriez peut-être mieux renseigné que moi, mon gaillard ?

— Parce que ? demanda Fédor, jouant l'imbécile en perfection.

— Cette question ! riposta la vieille. Comme si vous n'étiez point partis tous les deux censément ensemble ?

— Ça, c'est pas vrai ! riposta Fédor. Je suis parti le soir, sans crier gare à personne. Si elle a déménagé après moi, je n'en sais rien. Et la preuve, c'est que je reviens ici pour avoir de ses nouvelles.

— Ben, mon garçon, ce n'était pas la peine de vous déranger, alors. La demoiselle avait laissé une malle, en me recommandant de la lui garder jusqu'à ce qu'elle me la réclame. C'est la police qui est venue la saisir, cette malle, peut-être bien dans l'idée qu'elle était pleine de bombes ; mais ça m'étonnerait, vu qu'elle n'était pas lourde. Enfin, je ne l'ai plus, voilà!

— C'est drôle, dit le forçat, qui se gratta la tête d'un air perplexe.

La vieille, qui se remettait progressivement du choc, donnait des signes non équivoques d'impatience, devant la prolongation de cette importune visite. Fédor s'en apercevait bien, mais il eut l'impudence de demander encore à la vieille :

— Les agents n'ont rien raconté, en venant chercher la malle ?

— Ils ont raconté que vous étiez une canaille, Fédor Basilikoff ! cria la Chouette, exaspérée.

— Chut ! pas si haut, je ne tiens pas à m'entendre répéter des compliments.

— Alors, vous savez ce qui vous reste à faire : prenez la porte, mon garçon.

Elle l'ouvrit toute grande.

Mais le bandit lui serra le bras au passage, en lui glissant, d'un ton menaçant, à l'oreille :

— Méfiez-vous, et tâchez de ne pas avoir la langue trop longue, car il pourrait bien vous en cuire !

Il sortit de la boutique à ces mots, satisfait de constater que la Chouette ignorait le meurtre de Germaine Maulain. Le cadavre des Allées-Vertes n'avait certainement pas été reconnu. Quelle chance !

Pendant que le forçat se congratulait ainsi lui-même, l'honnête contremaître de filature, son ancien voisin, disait tout ému à sa femme en remontant chez lui :

— Le nihiliste russe est en bas, dans l'échoppe de la Chouette !

— Pas possible ! s'écria la femme, déjà effrayée.

— Je ne l'ai pas vu, reprit l'homme, mais j'ai parfaitement reconnu sa voix.

— Il faut avertir la police tout de suite, Eugène !

— Non, ça ne me plaît pas ; mais je vais aller demander conseil à l'aumônier du Cercle dès que nous aurons soupé. Sers-moi bien vite, Sophie.

Et le brave homme, avalant les bouchées doubles, bavardait à perdre haleine.

— Fallait-il avoir du toupet, pour oser reparaître après un pareil crime ! Car, enfin, si c'était l'autre qui avait jeté la bombe, celui-là l'avait aidé à la fabriquer de ses mains ! Et il se permettait de revenir à Blanche-Croix, et jusque dans la maison témoin de ses machinations féroces !

— Eugène ! criait la femme, je ne veux plus rester ici !

— Mais puisque nous déménagerons la semaine prochaine !

Enfin, le contremaître prit son chapeau, et, laissant sa pauvre femme se barricader de son mieux, il partit rapidement pour son Cercle, où il était sûr de rencontrer l'abbé Parmentier, à pareille heure.

L'abbé crut que le contremaître perdait l'esprit. Lui savait toute l'histoire de Germaine Maulain, qui n'était pas encore connue du public.

— Vous rêvez ! dit-il au brave homme. Fédor Basilikoff ici, à Blanche-Croix ! Mais ce serait folie de sa part ! Ce serait se jeter dans la gueule du loup !

— Monsieur l'abbé, je vous jure que Fédor Basilikoff est ici !

Le prêtre, ébranlé à la fin par l'assurance de son interlocuteur, quitta le Cercle et alla raconter la nouvelle à son ami intime, le Dr Smith, pour lors fort occupé avec les illustrations de la presse de propagande.

A cette nouvelle inattendue, Smith jeta les hauts cris, pesta, s'emballa contre l'incurie de la police. Comment ce misérable était-il revenu ? Pourquoi ne l'avait-on pas arrêté en route ? Il fallait aviser tout de suite, prévenir les amis de Germaine Maulain. Qui sait si ce misérable n'entendait pas l'assassiner une seconde fois ?

N'écoutant que son indignation, il se précipita chez Ragot pour l'avertir et le mettre en garde.

## XIV

Le célèbre praticien logeait dans une rue tranquille et retirée, loin des cars électriques et de la circulation fiévreuse des usines. La maison qu'il habitait lui venait de ses parents. Elle n'était pas très grande, mais commode, et tenue avec une propreté méticuleuse par ses deux femmes. Philomène, la cuisinière, était entrée en service à l'âge de onze ans, dans cette maison, et Philomène avait fortement dépassé la cinquantaine. La sœur du docteur, Félicie, plus jeune que lui de quatre ou cinq ans, avait toujours vécu dans son ombre, sans jamais essayer d'en sortir. Très bonne, douce, dévouée, un peu timide, c'était une de ces personnalités effacées, dont le destin paraît être d'occuper éternellement les seconds plans dans l'existence.

Quand Ragot, avec son impétuosité coutumière, avait intimé à « ses deux femmes » l'ordre de préparer une chambre pour Germaine Maulain, Philomène seule avait osé protester, en criant :

— Une anarchiste ! Vous voulez héberger une anarchiste !

Sur quoi son maître était entré dans une colère telle qu'elle avait dû battre précipitamment en retraite.

Félicie, baissant la tête, s'était contentée d'ouvrir sa grande armoire de merisier pour en tirer une paire de draps fleurant bon l'iris et la lavande et de se diriger, munie de ce fardeau, vers une chambrette contiguë à la sienne, et ouvrant également sur le jardinet de la maison.

Il y avait dix jours que l'étudiante était là.

Philomène, d'abord, lui avait fait assez grise mine. Toutes ces aventures extraordinaires où la jeune fille s'était trouvée mêlée lui déplaisaient. Cela ressemblait trop à une pièce de théâtre, ces histoires de bombes et d'assassinats, et Philomène tenait fermement pour damnés tous ceux qui composent des pièces de théâtre, ou qui les regardent, ou qui les jouent. En outre, la brave fille n'était pas sans une certaine appréhension des instincts sanguinaires de « l'anarchiste ». Son frère avait dû lui apprendre tous ces mauvais tours. Elle devait s'y connaître pour faire sauter les maisons. Vraiment, Monsieur n'était pas raisonnable d'enfermer chez lui une personne aussi dangereuse !

Philomène, bouche cousue devant le docteur, ne s'était pas gênée pour s'ouvrir carrément à Félicie de son opinion là-dessus.

— Monsieur a tort. En voilà une invention d'aller s'embarrasser de cette demoiselle ! Bien sûr que personne d'autre en ville n'en aurait voulu ! Je veux bien qu'elle soit malade, mais les hôpitaux ne sont pas faits pour les chiens, que je sache !

Félicie la laissait dire. Elle savait bien que passerait la bourrasque. Elle-même déjà était sous le charme de la jeune fille. Car Germaine, extrêmement faible encore, du reste, se montrait d'une douceur, d'une déférence et d'une soumission qui flattaient délicieusement l'humble Félicie, plus accoutumée à obéir qu'à être obéie par personne.

Maintenant Philomène faisait chorus avec elle. Quand les deux femmes causaient ensemble, c'était pour chanter les louanges de leur jeune hôtesse.

Philomène disait :

— On ne l'entend point, la pauvre fille, elle ne fait guère de bruit !

Et Félicie reprenait :

— Elle est bien facile à contenter, et si reconnaissante de ce qu'on fait pour elle !

Ragot avait exigé que Germaine changeât de nom de famille, pour éviter les commérages d'abord, et ensuite par prudence, à cause de Basilikoff, qu'on n'avait point retrouvé. Elle avait obtenu sans peine des autorités la permission de porter le nom de sa mère. Pour le voisinage, les fournisseurs et les clients du Dr Ragot, Germaine Maulain était la pupille de son maître et s'appelait Mlle Jeumont.

Ce soir-là, vers 9 heures, quand le Dr Smith arriva en coup de vent dans la rue paisible et que son carillon ébranla toute la maison silencieuse :

— Bon ! dit Philomène en courant ouvrir, encore un maladroit qui s'est laissé tomber sur le verglas, j'en suis sûre !

Son maître, absorbé par sa clinique, ne se dérangeait jamais, sauf pour des cas d'urgence aux alentours.

Mais ce n'était pas un patient.

— Le Dr Smith ! s'écria la servante abasourdie.

Habituellement, les intimes de la maison la favorisaient au passage d'un bout de causette. Mais Smith, préoccupé, lança son pardessus et son chapeau, sans mot dire, sur la banquette du vestibule, et Philomène, déçue, le conduisit au « parloir », où se trouvait toute la famille.

Félicie raccommodait du linge, Germaine dessinait consciencieusement un affreux viscère, Ragot lisait le journal.

En levant les yeux sur le visage de son jeune collègue, le docteur cria tout de suite :

— Qu'est-ce qu'il y a ?

— Un cas particulier qui n'intéresserait point ces dames, répondit vivement Smith.

Ragot se leva sans une parole, passa dans son cabinet, tourna le commutateur électrique. Smith referma la porte et commença :

— Fédor Basilikoff est revenu !

Un juron énergique échappa au grand Ragot, et, de saisissement, il se laissa tomber sur un fauteuil.

Très vite, Smith raconta l'histoire.

Ragot avait pâli. Ecroulé dans son fauteuil, il écoutait anxieusement le récit de son collègue. Et, en ce moment-là, il paraissait bien le vieillard qu'il était réellement. Mais il se ressaisit aussitôt, avec son élasticité coutumière. Il se releva et se mit à se promener de long en large dans son bureau.

— Smith, puisque vous vous êtes dérangé, mon ami, vous devez prévenir le commissaire de police dès ce soir.

— C'est bien mon intention ; mais j'ai tenu à vous mettre sur vos gardes d'abord, car j'estime qu'il importe de veiller sur votre pupille.

— C'est évident ! répliqua Ragot.

— Sort-elle beaucoup ? questionna le jeune médecin.

— Très peu. Elle ne va exactement qu'à la clinique et à l'hôpital. Elle ne tient nullement à sortir.

— Elle ne retourne pas à Lille ?

— Pas encore, je ne la trouve pas assez forte. La perte de sang de sa blessure l'a prodigieusement affaiblie. Elle est anémiée à fond. C'est une constitution à refaire.

— Eh bien ! dit Smith, à votre place, je profiterais de son état pour l'empêcher totalement de sortir jusqu'à ce qu'on ait tiré cette affaire au net.

Ragot approuva le conseil et promit de l'adopter.

Il déclara le lendemain matin à son élève qu'il lui trouvait une « fichue mine » et qu'il lui défendait de bouger, ajoutant à l'adresse de Félicie et de Philomène :

— Une bonne chaise longue, du vin de Bordeaux, des côtelettes de mouton grillées, un livre amusant, voilà mon ordonnance !

Germaine, accoutumée désormais à obéir, se soumit sans conteste.

Un jour, deux jours, trois jours se passèrent ainsi.

Pendant ce temps-là, toute la police de Blanche-Croix était sur pied. On fouillait les hôtels, auberges, garnis, cabarets et tripots ; on perquisitionnait dans les imprimeries clandestines ou révolutionnaires, et cet excès de zèle inaccoutumé amenait l'arrestation sensationnelle de trois cambrioleurs célèbres. Mais Fédor Basilikoff demeurait absolument introuvable.

Cela mit les gens de la police de fort méchante humeur ; quelques-uns accusèrent les « calotins » de s'être moqués d'eux, d'autres traitèrent ces mêmes « calotins » d'imbéciles pour s'être si facilement laissé prendre aux racontars d'un poltron, et le commissaire déclara solennellement qu'il ne se dérangerait plus jamais pour chercher à saisir un fantôme.

## XV

Enfermée trois jours entre les bavardages incohérents de Philomène et le mutisme souriant de Félicie, Germaine Maulain médita. Comme ses idées avaient changé avec le milieu nouveau où elle vivait depuis sa tragique aventure des Allées-Vertes ! Comme les choses revêtaient des couleurs imprévues à ses yeux !

Maintenant, elle admettait le dévouement, le sacrifice, l'oubli de soi, la *charité*, pour tout dire en un mot. Les leçons pratiques de Sœur Marthe avaient porté leurs fruits. La sceptique étudiante d'hier ne se demandait plus s'il y avait dans le cœur humain autre chose qu'un muscle indispensable à la circulation du sang. Le sien battait d'une reconnaissance et d'une admiration sans bornes pour les cœurs généreux qui lui avaient appris à la fois l'amour de Dieu et l'amour du prochain.

Et la pensée de la jeune fille, tout naturellement, se reportait vers la maison où on l'avait amenée, frémissante, une nuit, pour assister à l'agonie atroce du criminel qui était son frère. De quelle compassion attendrie l'avait entourée celui-là même dont l'anarchiste cherchait la mort ! Et de quelle abnégation surhumaine avait fait preuve cette vieille infirme, l'aïeule, en lui tendant la main, cette main qu'elle, Germaine, dans son fol orgueil, n'avait pas voulu prendre ?

Tout cela lui semblait si étrange, à ce moment-là ; mais elle se rendait trop bien compte aujourd'hui des sentiments de ces grands chrétiens pour ne pas en être pénétrée de gratitude et de remords.

Depuis trois semaines qu'elle était chez Ragot, l'obsession des Sonnoy l'avait poursuivie sans qu'elle osât s'arrêter à aucune solution précise à leur égard. Ragot, d'ailleurs, l'avait tenue continuellement en haleine, dans le but évident de la distraire, en occupant techniquement son esprit. Une circonstance fortuite lui permettait de réfléchir à son aise. Elle prit une résolution qui étonna et charma ses hôtes. Elle leur déclara un beau matin :

— Je veux aller remercier la vieille Mme Sonnoy de son inconcevable bonté pour ma pauvre personne, et aussi pour mon frère.

Saisi par cette annonce, Ragot ébouriffa son toupet, fronça les sourcils et s'écria :

— Ce n'est pas trop tôt ! Voilà quinze jours que vous auriez dû y aller !

La jeune fille reprit :

— Alors, maître, vous ne trouvez pas mon projet inconvenant ni absurde ?

— Je le trouve tardif, et voilà tout. Si vous êtes en état de sortir demain, Félicie vous conduira rue des Prévôts.

Quand Germaine Maulain, accompagnée de la respectable sœur de son maître, arriva dans cette rue bouleversée par le crime de son frère, elle éprouva soudain un telle angoisse qu'elle songea involontairement à l'agonie du Christ racontée par Sœur Marthe, et ce fut là, peut-être, que, pour la première fois, elle unit ses souffrances à celles du divin Sauveur.

On avait comblé hâtivement le gouffre produit par l'explosion et repavé la chaussée. Mais les immeubles avoisinant le lieu de l'attentat présentaient encore toutes les traces du dommage qu'ils avaient subi. Beaucoup de châssis de fenêtres, brisés et réparés, n'avaient pas encore été repeints. Des ferrures de volets pendaient, lamentables. Plusieurs portes, lézardées, attendaient visiblement des réparations urgentes. Sur les façades naguère si soigneusement peintes, d'affreuses brûlures apparaissaient, noirâtres, boursouflant et crevant la peinture. De-ci, de-là, des ouvriers travaillaient à réparer le désastre.

Ce que voyant, l'excellente Félicie Ragot se mit à bavarder tout à coup avec une volubilité inconcevable chez une personne aussi éteinte. Mais de ce qu'elle dit en cette occasion sa compagne ne se douta jamais.

Si Germaine avait été seule, elle n'aurait pas reconnu la maison qu'elle n'avait pas vue, à vrai dire, la nuit du drame. Heureusement, Félicie était là. Elle sonna violemment, introduisit la « pupille » de son frère, la précéda dans l'escalier qui menait aux appartements de la vieille dame. L'étudiante suivait comme en un rêve.

Tout à coup, elle entendit Félicie qui disait, d'une voix différente de la sienne :

— Madame, je vous amène une personne très désireuse de vous présenter ses devoirs.

— Qu'elle soit la bienvenue ! répondit la voix chevrotante de l'aïeule.

Germaine Maulain, levant les yeux, aperçut la frêle forme au fond d'une bergère, et le vieux visage illuminé d'un sourire, et les deux mains tendues, un peu tremblantes.

Sans un mot, rejetant ses longs voiles de crêpe, elle s'agenouilla, prit les deux mains et les baisa pieusement.

— Que le bon Dieu vous bénisse, ma chère enfant, dit la vieille dame émue.

Félicie tira son mouchoir, s'épongea les yeux, releva Germaine et l'assit de force dans un fauteuil.

Mme Sonnoy parlait.

— J'ai appris avec plaisir, dit-elle obligeamment, la bonne résolution prise par le Dr Ragot de garder chez lui une pauvre fille si courageuse et désireuse de bien faire. Je suis sûre qu'il en sera récompensé dès ce monde, et vous aussi, chère Mademoiselle Félicie. Cette jeune fille vous fera honneur, un jour, à tous les deux, j'en suis certaine.

Félicie dit précipitamment :

— Oh ! c'est une bien bonne fille, et dont nous sommes tous bien contents à la maison !

Germaine, se remettant peu à peu, se mit à parler de Sœur Marthe. Elle dit sa sollicitude inlassable, et ses tendres soins, et sa patience à toute épreuve. Elle s'animait en racontant les mille traits de charité, touchants ou sublimes, dont elle avait été l'objet de la part de la religieuse. Et, sous l'empire de son juvénile enthousiasme, sa belle figure triste s'illuminait d'un reflet de bonheur.

L'excellente Mme Sonnoy, enchantée d'entendre faire pareil éloge de sa petite-fille, approuvait, souriait, remerciait affectueusement.

Du drame des Allées-Vertes, il ne fut pas question, pas plus que de l'attentat.

Comme cette visite parut courte à Germaine !

Quand Félicie se leva enfin en sursaut, devant l'apparition des lampes, et tandis que Germaine prenait respectueusement congé de leur hôtesse, Mme Sonnoy leur dit, avec le plus aimable des sourires d'aïeule :

— Je ne vous laisserai point partir sans la promesse d'une très prochaine visite. Je tiens beaucoup à vous revoir, et souvent !

Germaine Maulain ne demandait pas mieux.

Ragot lui trouva meilleure mine le soir et déclara qu'elle pourrait reprendre le lendemain ses occupations accoutumées.

Elle retourna donc à la clinique.

En route, songeuse, elle se disait à elle-même :

— Pourquoi la soif de l'argent ne me brûle-t-elle plus ? Pourquoi le travail me semble-t-il si doux ? Pourquoi ma carrière, jadis pour moi dur mais lucratif métier, m'apparaît-elle aujourd'hui ainsi qu'un sacerdoce ?

Et une voix intérieure, qu'elle ne savait pas encore être celle de son ange gardien, répondait tout bas :

— Parce que tu comprends aujourd'hui la signification de ce mot chrétien : *charité !*

Elle arriva un peu en retard, ne marchant pas encore bien vite.

Dans le vestiaire, elle trouva Virginie Longuet, toujours insupportable poseuse, et lui tendit la main. Virginie esquissa un sourire aimable.

Nul doute que si Germaine Maulain, après ses tragiques aventures, fût revenue hautaine et « distante » parmi ses compagnes, elles ne lui eussent toutes battu froid. Mais sa résignation inattendue à ses malheurs, sa douceur triste et sa gracieuse patience avaient eu raison facilement des préventions de ces demoiselles. Quand une jeune et jolie fille veut plaire, elle y réussit toujours. Celles mêmes de ses compagnes qui la jalousaient le plus durent avouer qu'elle était devenue « bien obligeante et bien polie ». Berthe Geoffroy pleurait d'attendrissement en parlant de « cette bonne Germaine », et la nouveauté de l'épithète ne faisait même pas sourire les autres.

Ragot examinait, ce matin-là, une pauvre petite fille de quatre ans, qu'un mal affreux au genou empêchait de marcher. Sa mère, gémissante, répétait :

— Les gens m'ont dit de venir, et j'ai venu. Ils m'ont dit comme ça que vous étiez bien savant. Mais j'ai dans mon idée que les plus grands savants n'y feront rien. Ah ! si je pouvais conduire not'petite à Lourdes !

Derrière le dos du maître, Germaine vit sourire Virginie Longuet, mais elle ne sourit point et se rapprocha pour regarder plus attentivement l'enfant.

Ragot se tourna vers ses élèves et dit, très grave :

— Mesdemoiselles, vous souvenez-vous de la très belle parole d'Ambroise Paré, qui devrait être notre devise à tous : *Je le pansai, Dieu le guérit ?* Bonne femme, ajouta-t-il, laissez-moi panser votre enfant, et, après cela, vous la conduirez à Lourdes, et la Sainte Vierge la guérira.

Il fit un signe. Germaine s'élança, enleva l'enfant et la porta sur la table d'opération, pour arranger plus aisément son mal. Et tandis que le docteur s'affairait, aidé d'une autre infirmière, elle, gentiment, caressait la petite, et l'enfant, apeurée, se pressait contre elle, en lui tendant ses petits bras. L'étudiante pensait :

— Mon Dieu ! si je pouvais être pour les autres ce que Sœur Marthe a été pour moi !

Cette pensée-là, maintenant, la suivait presque toujours.

Le lendemain, qui était un dimanche, Félicie Ragot conduisit l'étudiante à la grand'messe. Germaine observait, non sans une certaine surprise, que, par une sorte d'accord tacite, toutes les personnes qu'elle fréquentait maintenant semblaient convaincues qu'elle partageait leurs opinions religieuses. Cependant, la pauvre fille ne se souvenait pas d'avoir jamais pratiqué sa religion. Mais cette manière d'agir des autres à son égard lui rendait plus aisé le retour progressif aux croyances oubliées et aux mœurs désapprises.

A Blanche-Croix, comme dans tous les grands centres populaires du Nord, les cérémonies du culte étaient fort belles. Germaine s'étonnait de l'ampleur des chants, de la majesté des rites, de cette mise en scène, pompeuse et grandiose, dont elle ne s'était jamais doutée jusque-là. Félicie Ragot, plus instruite que ne l'eût laissé soupçonner sa modestie, avait prêté à la jeune fille ce dernier chef-d'œuvre des Bénédictins de France : l'*Année liturgique*, et la libre penseuse de la veille se repaissait avec délices de ces pages nourrissantes et savoureuses.

Il advint que, le dimanche dont nous parlons, l'abbé Liétard prêcha.

Germaine Maulain n'avait pas revu le « convertisseur » depuis l'horrible nuit où il lui était apparu au chevet de son frère agonisant. Elle tressaillit en reconnaissant la haute taille, le visage énergique, les yeux ardents du prêtre. Et, tout de suite captivée, elle se suspendit aux lèvres de l'orateur.

On était alors au « temps après l'Epiphanie ». L'abbé Liétard, parlant sur cette grande fête, en développa magnifiquement la mystique. Expliquant les présents des Mages, il dit que l'encens de la prière et la myrrhe de la pénitence ne pouvaient être offerts au Seigneur qu'en des vases d'or pur, symboles de la charité parfaite, et il en profita pour tracer un tableau si touchant de la charité que les larmes en vinrent aux yeux de l'étudiante.

— Ah ! songeait-elle, ce prêtre parle en connaissance de cause !

Rentrant chez Ragot pour dîner, toute pleine de son sujet, la jeune fille ne put s'empêcher de dire :

— Quel homme intelligent que cet abbé Liétard ! J'aimerais à causer avec lui !

— Vraiment ? fit Ragot, c'est bien facile ! Nous n'avons qu'à l'inviter à souper ce soir.

Ragot ramena son invité sur les 7 heures du soir, et l'abbé Liétard s'assit à la table de famille, à la droite de Félicie. Le grand « convertisseur » ne paraissait aucunement se douter de ce qu'il mangeait. Il appartenait à cette catégorie d'intellectuels, très rares, il faut bien en convenir, pour lesquels l'obligation de se sustenter n'est qu'une nécessité importune de l'existence. Penser, exprimer sa pensée, c'était là toute la vie de cet apôtre.

Et il ne se fit pas faute d'exposer à Ragot, devant Germaine, toute sa théorie sur le rôle social du médecin. Comme il voyait de haut, et de loin ! L'étudiante songeait involontairement à l'aigle qui, dans son vol plané, embrasse une si grande étendue d'espace et domine de si haut les mesquines manœuvres des pauvres humains. Elle écoutait la parole du prêtre et faisait silencieusement son profit de cette doctrine forte et sûre.

Ragot donnait brillamment la réplique à son hôte. Il exultait, au fond, d'entendre si bien commenter ses propres principes. Mais il ne se fût pas reconnu lui-même, s'il n'avait point, par-ci, par-là, opposé à son interlocuteur quelque contradiction abracadabrante.

Mais le souper fini, et tandis que l'on prenait le café dans le cabinet du docteur, ce fut à l'étudiante que s'adressa directement l'abbé Liétard :

— Et vous, Mademoiselle, demanda-t-il soudainement, que pensez-vous de votre profession ?

— Monsieur l'abbé, répliqua-t-elle, si vous m'aviez fait cette question, il y a trois mois, je vous aurais répondu, sans nul doute : « Monsieur, je suis pauvre et j'ai ma fortune à faire ; je suis dévorée d'ambition et je veux laisser loin derrière moi toutes mes rivales..... » Aujourd'hui, je pense autrement. Le bon Dieu mène et ramène les gens comme il lui plaît. Moi, la vérité m'est apparue à la lueur des explosifs et dans l'éclair d'un poignard. Fugitive et vaincue, laissée pour morte, c'est dans les bras d'une Sœur de Charité qu'il m'a été donné de renaître à une vie nouvelle. Puis-je faire autre chose que de consacrer cette vie à l'exercice de la charité même, sous l'une de ses formes les plus intelligentes et les plus nobles ?

— Très bien ! cria Ragot.

— Oui, très bien, reprit gravement le prêtre, à condition, toutefois, que vous fassiez remonter la source de cette charité jusqu'à Dieu. Prenez garde ! On verse volontiers, de nos jours, dans l'altruisme et la philanthropie, vains et faux simulacres de la charité chrétienne. Et ces contrefaçons de vertus, si j'ose m'exprimer ainsi, ne sont pas assez bon teint pour résister aux grands orages de l'existence. Tâchez de ne pas en faire l'expérience à vos dépens. Et puis, de quoi ces vertus frelatées et stériles vous serviraient-elles, au jour de votre mort ? Croyez-vous qu'elles pèseraient lourd, pour contre-balancer vos péchés, dans les plateaux de la justice éternelle ?

Et, comme l'étudiante se taisait, troublée de cette apostrophe, le « convertisseur » ajouta plus doucement :

— C'est à l'œuvre qu'on reconnaît l'ouvrier. Vos actes, mon enfant, nous démontreront peut-être mieux que vos paroles votre façon d'entendre et de pratiquer la charité.

Cette conversation laissa Germaine assez perplexe durant quelques jours. Elle n'osait pas s'ouvrir à Ragot et ne trouvait pas d'écho assez vibrant chez Félicie. Ah ! si elle avait eu Sœur Marthe ! Mais elle ne l'avait plus à sa disposition pour résoudre victorieusement toutes ces difficultés.

De Sœur Marthe, sa pensée revint naturellement à la bonne vieille Mme Sonnoy, et, de cette excellente femme, à son petit-fils.

Germaine Maulain n'avait pas revu le jeune homme depuis la nuit tragique de l'attentat. Elle sortait moins que jamais maintenant, et seulement pour se rendre à la clinique ou bien à l'hôpital, deux endroits où elle n'avait vraisemblablement aucune chance de rencontrer le chef d'usine. Elle aurait aimé le revoir. L'impression qu'il avait faite sur elle semblait s'accentuer, à mesure qu'elle comprenait mieux le beau caractère de ce grand chrétien. Pourtant, s'avouait-elle, rougissante, peut-être valait-il mieux pour elle ne jamais revoir Jacques Sonnoy. L'héroïque mouvement de charité qui avait incliné un moment le jeune homme vers la malheureuse fille n'empêchait pas un abîme d'exister entre eux. Et, d'ailleurs, dans la mémoire du puissant industriel, le souvenir de la sœur de l'anarchiste ne devait-il pas déjà s'éteindre dans les brumes confuses d'un hideux cauchemar.

## XVI

Cependant, l'œuvre de la Presse prenait une extension merveilleuse, sous l'énergique impulsion de Jacques Sonnoy.

D'autre part, un groupe de jeunes, pleins d'ardeur belliqueuse, rédigeait une petite revue locale, hebdomadaire et satirique, à images coloriées, si spirituellement amusante qu'elle menaçait de ruiner les ignobles publications du même format, si répandues naguère, partout, dans la ville. *L'Oiseau moqueur* avait pris un essor qui ne devait plus se ralentir, car le peuple est un grand enfant, toujours prêt à se tourner vers ceux qui le divertissent le plus.

Mais la création sensationnelle de Jacques Sonnoy était, sans conteste, le nouveau quotidien spécial de Blanche-Croix, qu'il avait intitulé, sans vergogne : *le Réveil des Croyants*. Le jeu de mots plaisait aux basses classes, et les basses classes formaient bien les trois quarts de la population de la ville. Ce quotidien, d'assez petit format, mais proprement et nettement imprimé, avait pris sa place à tous les foyers pauvres, avec une promptitude qui tenait véritablement du prodige. D'abord, il ne coûtait rien ou presque rien, et c'était aux yeux de beaucoup de prolétaires sa principale vertu. Et puis c'était un journal social, uniquement occupé du bien-être moral ou matériel des travailleurs, et relatant toutes les heureuses innovations de l'étranger, aussi bien que les efforts persévérants des catholiques de France. Enfin il offrait à ses abonnés une foule d'avantages fort appréciables, entre autres une remise chez tous les pharmaciens de la ville.

A vrai dire, le nombre de ces abonnés était encore assez restreint, mais déjà beaucoup de ménagères insinuaient à leurs maris qu'un abonnement au *Réveil des Croyants* serait une grande économie pour la famille. Et l'idée faisait son chemin.

Quant à la vente au numéro devant les portes des usines, elle dépassait de beaucoup les prévisions de Jacques Sonnoy et de ses amis. Les vendeurs, jeunes et intelligents, et groupés en une sorte de confrérie, avaient ordre de noter exactement ceux des ouvriers qui s'abstenaient systématiquement d'acheter le journal. Les réfractaires une fois connus, on s'arrangeait pour qu'ils trouvassent le journal glissé sous leur porte, au retour de l'atelier.

Quoi qu'il en fût, l'apparition triomphante du *Réveil des Croyants* donna le coup de grâce au triste *Réveil des Parias*, qui végétait si misérablement dans la fange. La feuille ordurière ne se vendit plus. Les deux ou trois bohêmes qui composaient sa rédaction démissionnèrent l'un après l'autre, n'étant plus payés. Un beau jour, le notaire véreux, administrateur du journal, disparut en emportant ce qui restait de la caisse, pour ne pas en perdre l'habitude, sans doute, et le banqueroutier qui se parait du titre de « directeur politique » demeura seul en face des créanciers furieux.

Tout fut saisi et vendu au *Réveil des Parias*, tout, ce qui n'était pas grand'chose : une vieille presse détraquée, quelques piles de papier vierges encore, d'autres piles de papier noirci, de mauvaises tables communes, des chaises, des bancs, le plus piètre enfin des matériels d'imprimerie.

Le banqueroutier, grinçant des dents, assistait à la disparition de ces piteuses épaves. La dernière voiture à bras emportait les derniers débris du désastre. Il ne restait, dans la salle de rédaction, que des toiles d'araignée, des brins de paille, des bouts de papier déchirés et les plaques de boue laissées par les pieds crottés des marchands de bric à brac. Déjà s'allumaient les becs de gaz de la rue. Le banqueroutier vit qu'il n'avait plus rien à faire là, et, relevant le collet de son méchant pardessus, il se dirigeait vers la porte, quand il aperçut un homme arrêté dans la cour et regardant, à travers les vitres malpropres, la dévastation de la boutique vide.

Affamé et furibond qu'il était, le banqueroutier cria rudement à cet homme :

— Qu'est-ce que vous faites là, vous ? Il n'y a plus rien à prendre ! Fichez-moi le camp !

Sans répondre, l'autre ricana insolemment.

Le banqueroutier recula, saisi. Quelque chose, dans le ricanement de l'inconnu, lui rappelait un ancien complice de ses basses œuvres. Pourtant, le complice portait une longue barbe et des cheveux plats et jaunes, et celui-ci, rasé, exhibait une chevelure noire et touffue. Mais l'hésitation du banqueroutier ne dura pas. Un seul homme au monde pouvait avoir ces yeux fourbes et verdâtres, aux lueurs phosphorescentes.

— Fédor Basilikoff !

Au cri du banqueroutier, l'homme à la chevelure noire se jeta sur lui et le saisit rudement au collet :

— Tais-toi, misérable, ou je t'étrangle !

Se calmant aussitôt, le banqueroutier reprit plus bas, et d'une voix qui tremblait :

— Pourquoi reviens-tu ici ? Qu'est-ce que tu veux ?

— Ma paye du dernier mois !

— Ta paye, malheureux ! Ne vois-tu pas que je suis ruiné à fond ?

Le forçat haussa les épaules.

— A d'autres, mon cher ! Et l'argent des meubles ?

— Puisqu'il a été saisi par l'huissier ! répliqua le « directeur politique », gagné de nouveau par la colère.

— Voyons, dit Fédor, il te reste bien un louis pour le partager avec moi ?

En même temps, il tendait la main pour recevoir sa part.

Le banqueroutier lui jeta une pièce de quarante sous.

— Tiens ! s'écria-t-il, emporte ça et va-t'en, c'est tout ce que je puis faire !

Avec un horrible juron, Fédor se jeta de nouveau sur lui. Mais le banqueroutier était préparé à l'attaque, et il se défendit avec la rage du désespoir.

Dans cette petite cour, comme dans presque toutes celles des maisons populeuses de Blanche-Croix, il y avait une trappe de cave, et cette trappe était ouverte. Au cours de la lutte, le pied de Basilikoff glissa sur le pavé humide et il perdit l'équilibre ; le banqueroutier profita du mouvement, saisit son adversaire à bras-le-corps et le lança violemment dans la cave. Puis il referma la trappe, gagna la rue et s'en alla.

Sur ces entrefaites, l'une des meilleures infirmières de l'hôpital étant tombée malade, l'idée vint au médecin-chef de demander Germaine Maulain pour la remplacer provisoirement. Le Dr Wavrin n'était pas fâché de l'occasion : l'étudiante l'intéressait. Tout ce qu'on lui avait rapporté de sa conduite, depuis son retour à Blanche-Croix, lui donnait le désir de la mieux connaître et de la juger à l'œuvre de ses propres yeux. Autre chose est de voir une personne exécuter un pansement par-ci par-là, ou de la suivre nuit et jour, dans les soins assidus et patients qu'elle doit donner aux malades. Wavrin pria donc son ami Ragot de lui céder pour une quinzaine « Mlle Jeumont », et Mlle Jeumont partit conséquemment pour l'hôpital avec armes et bagages.

Tout de suite, le médecin-chef se montra enchanté de la jeune fille. Non seulement son intelligence et son adresse la mettaient hors de pair, mais encore et surtout le charme et la grâce de sa personne la rendaient inappréciable pour les malheureux dont elle était chargée d'adoucir les souffrances. Cela, c'était nouveau chez elle, et Wavrin ne put s'empêcher de lui en faire compliment.

Elle répondit avec un sourire :

— C'est Sœur Marthe, à Saint-Jude, qui m'a donné l'exemple.

— Ah ! c'est Sœur Marthe ! s'écria le médecin-chef, je comprends alors pourquoi vous tenez plus des religieuses hospitalières que des infirmières laïques !

Germaine rougit et détourna les yeux. Cette réflexion la troublait.

Comme elle sortait à peine de convalescence, et par égard pour Ragot qui l'avait *prêtée* obligeamment à ses confrères, on n'avait pas voulu exposer « Mlle Jeumont » aux risques d'une contagion quelconque. Elle était employée au service des blessés, toujours si nombreux dans les villes manufacturières.

Elle rentrait de souper, un soir, quand le chef particulier de son service, qui se trouvait être le Dr Bruay — celui-là même qui avait assisté son frère agonisant, — l'appela pour lui dire qu'on venait d'apporter un homme en péril de mort, qu'on allait le trépaner immédiatement, et qu'elle eût à préparer le nécessaire dans la salle d'opération. Elle obéit sans réplique, trop accoutumée aux pires accidents pour s'en émouvoir, hélas ! Mais, sans qu'elle demandât rien, l'interne la renseigna.

L'homme en question avait été trouvé dans une cave, le crâne fendu sur les marches de pierre. On ne le connaissait pas, dans la maison. Nul ne pouvait dire s'il était tombé là par mégarde ou s'il avait tenté de se tuer. C'était un cas curieux. Peut-être un mystère étrange se cachait-il là-dessous. Une enquête était menée activement par la police.

Germaine écoutait distraitement ce bavardage. Elle apprêtait le sinistre matériel des chirurgiens avec la propreté et l'ordre qui l'avaient toujours caractérisée. Dans la pièce haute et ripolinée de couleur claire, une lumière aveuglante tombait des ampoules électriques. Wavrin entra, retroussant ses manches et causant avec Bruay. Dehors, on entendit le pas cadencé des porteurs, amenant le blessé comateux sur une civière. Il y eut un léger brouhaha. On installa l'homme sur l'étroite couchette.

Wavrin se pencha vers la forme inanimée et dit :

— C'est par acquit de conscience que je vais tenter l'opération.

Et, cherchant un outil quelconque, il appela :

— Mademoiselle Jeumont !

Germaine s'avança aussitôt. Mais alors une chose extraordinaire se produisit. Dès qu'elle aperçut le visage de l'homme, visage hideux, d'ailleurs, elle poussa un cri terrible et se jeta en arrière en répétant :

— Non, non, je ne peux pas ! je ne peux pas l'approcher, c'est plus fort que moi !

Wavrin, consterné, la regardait.

— Mademoiselle Jeumont, dit-il sévèrement, que signifie cette scène ?

Elle cria, hors d'elle-même :

— Mais ne savez-vous donc pas ? Mais ne comprenez-vous donc rien ? C'est lui qui m'a poignardée, lui qui a perdu mon frère, lui qui a fabriqué la bombe et comploté l'attentat !

— Fédor Basilikoff ! s'écria Wavrin, au comble de la surprise.

— Et vous voudriez que je vous aide à sauver mon bourreau ! répliqua-t-elle passionnément. Non, non, je ne peux pas, c'est impossible.

Un murmure s'éleva. Les internes répétèrent :

— C'est impossible, c'est trop lui demander ; qu'elle s'en aille !

Alors Bruay, saisissant l'étudiante par le bras, lui demanda brusquement :

— Etes-vous chrétienne, oui ou non ?

Elle le regarda, épouvantée. Une angoisse inexprimable décomposa ses traits. Puis, tout à coup, elle se calma et répondit résolument :

— Je suis chrétienne.

Bruay, la lâchant aussitôt, lui dit :

— En ce cas, vous savez ce que vous avez à faire : aidez-nous !

Sans protester, elle obéit.

Mais, au milieu de l'opération, Wavrin s'arrêta en déclarant :

— Le patient est mort !

Germaine, défaillante, s'appuya contre le mur.

Bruay se rapprocha d'elle et lui dit à voix basse :

— Sortez maintenant, c'est assez comme ça.

Elle se dirigea lentement vers la porte et s'aperçut alors qu'elle était restée ouverte, par oubli, sans doute, et qu'un homme, debout sur le seuil, regardait dans la salle. Germaine Maulain crut rêver. Cet homme, c'était Jacques Sonnoy. Quand elle s'approcha, il lui sourit. Oh ! que son sourire était bon !

Elle dit, palpitante :

— Comment êtes-vous là ?

— C'est bien simple, répondit-il. Ces messieurs de la police ont enfin identifié le misérable qui vient d'expirer là, et ils m'ont immédiatement averti de leur découverte sensationnelle. Prévoyant ce qui pourrait arriver, je me suis précipité à l'hôpital pour prévenir les médecins à mon tour. Trop tard ! humainement parlant. Mais, ajouta-t-il d'un ton plus grave, tout ce que fait le bon Dieu est bien fait, et je le remercie pour ma part, de m'avoir permis d'assister à votre profession de foi, Mademoiselle Germaine!

Elle rougit violemment.

— Monsieur, répondit-elle, si je me suis souvenue à temps que j'étais chrétienne, c'est à vous que je le dois, et à votre chère Sœur Marthe, et à votre sainte grand'mère.

Mais, les médecins survenant, elle salua et disparut.

Wavrin, le lendemain, alla trouver Ragot chez lui et lui raconta l'aventure.

D'abord, la joie d'apprendre la fin du nihiliste prima tout sentiment chez le bienfaiteur de Mlle Jeumont. Mais quand son confrère lui eut bien exposé la scène émouvante, si heureusement terminée par Bruay, l'agitation de l'excellent homme ne connut plus de bornes. Jamais toupet ne fut plus ravagé ni sourcils froncés plus férocement, ni traits grimaçants plus contorsionnés par plus violentes émotions.

— Ça ne m'étonne pas, criait-il, c'est bien d'elle ! Oh ! la grande sotte ! Il n'y a qu'une chose qui m'étonne, c'est qu'elle ne se soit pas évanouie sur place ! Ç'eût été complet alors ! Quelles stupides marionnettes que les femmes !

Wavrin laissa passer la bourrasque et dit sentencieusement à la fin :

— Cette arrivée inattendue de Jacques Sonnoy m'a frappé. Il venait positivement pour empêcher la catastrophe de se produire. J'ai lieu de croire qu'il en tient pour votre pupille, mon cher !

— Hein ? Quoi ? Qu'est-ce que vous dites ? Jacques Sonnoy ? ma pupille ?

— Parfaitement ! répliqua Wavrin avec le plus grand calme.

Ragot, ne pouvant pas se démener davantage, déchargea toute sa nervosité sur le feu, qu'il se mit à tisonner furieusement, avec des grognements.

— Hum ! hum ! la jeunesse, pas de raison pour un sou ! Est-ce que je me suis marié, moi ?

— Non, répondit Wavrin en souriant, mais cela ne vous

empêche pas d'avoir une fille à marier, et quelle fille !

Cinq ou six jours après, l'étudiante, ayant terminé son stage à l'hôpital, rentra chez le Dr Ragot. Félicie la trouva pâle et en accusa le mauvais régime de l'administration. Mais la jeune fille déclara qu'elle ne s'était jamais mieux portée, quoiqu'elle fût visiblement des plus nerveuses.

Ragot ne dit rien. Seulement, le samedi suivant, il annonça que, Mme Sonnoy désirant voir Germaine le lendemain, il avait l'intention de l'accompagner lui-même.

L'idée vint immédiatement à l'étudiante que le jeune chef d'usine pouvait être chez sa grand'mère, puisque c'était dimanche et jour de repos. Elle ne voulait pas s'arrêter à cette idée. Elle aurait souhaité pouvoir endormir sa pensée totalement.

Jacques Sonnoy *était* chez sa grand'mère. Il reçut très naturellement le docteur et sa pupille. On se mit à parler d'œuvres sociales, sujet habituel d'entretien dans la maison. Ragot félicita le jeune homme du succès prodigieux de son œuvre de la Presse. Il s'extasia particulièrement sur l'*Oiseau moqueur*, qui le divertissait, disait-il, et faisait le bonheur de ses « trois femmes ».

— La bonne presse est le contrepoison de la mauvaise et, comme telle, il devenait indispensable de l'appliquer à notre pauvre ville.

— Je ne trouve pas qu'elle soit si pauvre, s'écria Ragot, notre chère ville de Blanche-Croix ! Elle me paraît même particulièrement bien dotée : crèches, asiles, écoles, patronages, bibliothèques, hospices, théâtres et cercles, rien n'y manque ; j'en oublie, et des meilleurs !

— Je vous demande pardon, répondit Jacques. Il y a une chose qui manque aux familles ouvrières et qui ne laisse pas que de me préoccuper souvent : je veux parler des soins à domicile pour les jeunes femmes et les enfants. Ce service-là n'existe pas encore et je rêve de l'établir. Mais il n'est malheureusement pas de ma compétence, et il me faudrait pour cela une personne sûre, intelligente et dévouée.

Un silence tomba. Germaine s'imagina que le jeune homme la regardait et se sentit rougir.

Le Dr Ragot toussa et s'agita sur sa chaise.

La vieille Mme Sonnoy dit, de sa voix cristalline, un peu chevrotante :

— Mlle Germaine, quand elle aura obtenu ses diplômes, remplira toutes les conditions requises.

— Moi, Madame ! s'écria l'étudiante, moi ! Vous me jugeriez digne d'une pareille mission après ce que vous connaissez de moi et des miens !

Ce fut le chef d'usine qui lui répondit :

— Laissons les vôtres, si vous le voulez bien, quoique votre père fut camarade de promotion de mon père, et parfaitement honorable, et de très bonne famille. Mais c'est de vous personnellement qu'il s'agit ici, Mademoiselle Germaine. Oui, je souhaite, nous souhaitons tous que vous deveniez ma collaboratrice, mon aide et mon soutien dans l'œuvre de régénération sociale que j'ai entreprise pour l'amour de Dieu. Répondez : acceptez-vous ?

Elle se couvrit la figure de ses mains.

— Jacques, dit doucement l'aïeule, Jacques, mon enfant, tu t'expliques mal. Dis-lui bien que je la veux pour fille, qu'elle portera notre nom, et que je ne prétends pas mourir avant d'avoir embrassé mes arrière-petits-enfants.

Et comme Germaine, confondue, se laissait glisser à genoux aux pieds de la vieille dame, Ragot se mit à crier :

— J'accepte pour elle, puisqu'elle est mon enfant d'adoption, mais à la condition formelle qu'elle continuera de travailler sous ma coupe et sous mon toit jusqu'à l'obtention de sa licence, car j'entends qu'elle soit digne en tous points du rôle admirable que votre générosité lui destine !

Mais Jacques Sonnoy fit relever la jeune fille :

— C'est de votre bouche, dit-il, que je veux votre consentement. D'autres chefs d'usine peuvent offrir à leur femme de partager leurs plaisirs et leurs gains ; moi, non. Les plaisirs, je ne les connais pas ; les gains, je les donne aux pauvres, et je n'ai à offrir à ma femme que le partage de mes peines et de ma lutte à outrance.

Germaine répondit, tremblante d'émotion :

— N'est-ce pas trop beau pour moi, et comment me sera-t-il possible de vous prouver ma gratitude ?

— Ne parlons pas de gratitude entre nous, dit gravement Jacques Sannoy. Si vous m'aimez un jour comme je vous aime, vous me prouverez votre amour en consacrant votre vie entière à la bonne cause. Votre infortuné frère a sacrifié la sienne aux utopies les plus funestes, à la sombre hantise du grand soir s'étendant sur la terre dévastée et sanglante. Nous, époux chrétiens, nous travaillerons de toutes nos forces et nous prierons de tout notre cœur pour que le bon Dieu daigne faire luire sur notre pauvre pays l'aube nouvelle de la liberté, de la concorde et de la paix !



FIN

## Romans populaires à 20 centimes

***POUR PARAITRE LE 1er OCTOBRE 1913***

# DANS LES TÉNÈBRES

par ABEL SIBRÈS

*M. Mary, riche propriétaire lorrain, est allé à la ville en compagnie de Henri Collin, son domestique. Ils doivent rentrer le soir avec une forte somme d'argent. Le soir venu, le domestique rentre seul, et ne peut dire ce qu'est devenu « le patron ».*

*M. Mary et son argent ont disparu. Grand émoi. Le crime est évident et la rumeur publique désigne bien vite le coupable : ce ne peut être que le jeune domestique. Pourtant, toute la conduite antérieure d'Henri plaide en sa faveur : il est doux, tranquille, pieux, et il était fiancé à Lucie, la fille de son maître. N'importe, il est arrêté, jugé..... et acquitté. Fureur de la population qui voit là un déni de justice en faveur d'un protégé « du curé ». A la sortie de l'audience, il est assailli par un groupe d'énergumènes qui le lapident et le laissent pour mort sur la route : recueilli, il guérit de ses blessures, mais, ayant été atteint aux yeux, il reste aveugle. Il faut pourtant que soit découvert le mystère qui plane sur la mort de M. Mary! Malgré sa cécité, Henri se donne cette mission..... La lecture de ce captivant récit nous apprend s'il réussit..... Une double leçon bien chrétienne se dégage de ces pages si pleines d'intérêt et leur donne une grande élévation morale. M. Sibrès, avec* **la Fissure** *(n° 22), avec* **l'héritage de Sans-Patience** *(n° 28) nous a habitués à des récits vivants, alertes, dramatiques, bien pensés et écrits en belle langue française.* **DANS LES TÉNÈBRES** *ne dément aucune de ces qualités et aura le même succès que ses aînés.*

930-3. — Imprimerie P. FERON-VRAU, 3 et 5, rue Bayard, Paris, VIIIe.

Imp. Paul Feron-Vrau
3 et 5, rue Bayard
PARIS

www.ingramcontent.com/pod-product-compliance
Ingram Content Group UK Ltd.
Pitfield, Milton Keynes, MK11 3LW, UK
UKHW021003230726
13924UKWH00009B/1595

9 782019 932114